홀가분한 오후

홀가분한 오후

조영랑 수필집

정출판

책을 펴며

어느 노老 작가에 의하면 삶의 이야기가 문학이 되고 예술이 되려면 그것은 문학적 언어로 가공되고 재창조되어야 한다고 했다.

글 상자 열고 보니 적잖이 당황했다.

재창조되기는 커녕 기본이 되는 낯설게 하기 감각도, 정교하게 조탁된 문장도 좀체 보이질 않으니 어정잡이 글이다.

보내온 글들로 책장이 넘쳐나는 요즘, 왠지 활자 공해에 보태는 느낌이 든다. 발표했던 작품들 꺼내놓고 보니 철 지난 옷처럼 어색하다.

눈 딱 감고 밖으로 밀쳐 본다. 어머니 같은 친정 고모의 응원이 컸다.

우연히 남편의 퇴임과 발간이 맞물렸다.

40여 년 쉼 없이 달려온 짧지 않은 세월, 건강하게 마무리할 수 있어 감사하다. 그러고 보니 익숙함과 낯섦의 변곡점에 와 있다. 마주할 세월 둘이서 건강히 동행하고 싶다.

　사랑하는 딸아이와 아들에게 엄마의 소망 하나 전하고 싶다.

　사람이 마음으로 자기의 길을 계획할지라도 걸음을 인도하시는 이는 그분임을 잊지 않기를. 시냇가에 심은 나무가 철을 따라 열매를 맺으며 그 잎사귀가 마르지 아니함 같이 형통한 삶을 살아가기를 빈다.

2021년 7월

축하의 글

드디어 바닷가에 닿았구나.

보잘것없는 원천지에서 솟아난 샘물이 알아주는 이 없어도 끝내 바다에 이르듯, 네 삶의 궤적을 쪽배에 싣고 가뭄의 마른강에서 길잡이 되어주실 그분에게 단비 요청했겠지. 큰물에 쏠리지 않으려 바위틈 돌아 나올 때마다 부서지지 않으려 마음 졸이며 긴 여정 흘러오는 동안 생명의 소리에 귀 기울이고 싶었던 네 영혼 수없이 흔들렸으리라.

자, 이제부터 멈추지 말고 가보자. 순탄치 않은 항해면 어떠리. 행여 고단해지거든 너와 나의 본향 강정 바닷가로 향해보자. 안 강정 포근한 갯가 해녀 불턱에 모닥불 피워두마. 속을 여미며 힘겨워한 네 항해에 제때 다독여 주지 못한 나의 회한들, 심연으로 가라앉히고파 늦었지만, 고모의 앞가슴 풀어헤쳐 얼싸안아 등 토닥여 주고 싶다.

"고모"

끝소리 시원하게 올리며 '제주여류수필문학지' 갖다 줄 때마다 언제 너의 작품집 안아볼 수 있느냐 채근했는데 이제 출간했구나.

뜨거워지는 계절, 푸르름을 안은 느티나무에서 매미들이 목청을 돋우기 시작한다. 이건 틀림없이 네게 보내는 축하의 노래일 것이다. 오늘은 나도 기쁨의 노래 한 자락 뽑고 싶다.

'홀가분한 오후'의 노래를.

2021년 여름
고모가

차례

작가의 말 · 4

축하의 글 · 6

작품해설 | 김길웅(시인, 수필가) · 195

1부 화단 앞에서

커피 칸타타 · 15

화단 앞에서 · 18

논 · 21

cosmos · 25

카사블랑카 · 28

칼디의 전설 · 31

짧은 만남 · 35

가우디 건축 · 39

忍冬草 · 43

말에 대한 사색 · 47

프라하 광장의 봄 · 50

동백 · 55

2부 그 숲에 가면

고향 소묘 · 63

허벅에 대한 추억 · 68

그 항아리 · 72

늦은 깨달음 · 74

예순이 되면 · 77

닮고 싶은 사람 · 80

백년의 신화 · 83

두물머리에서 · 87

버림의 용기 · 91

그 숲에 가면 · 94

안녕 · 98

무화과나무의 비유 · 102

3부   나이 듦이 좋다

아름다운 기억 · 109

밥 이야기 · 112

간절함 · 115

그날 · 118

작지만 큰 나라 · 121

나이 듦이 좋다 · 125

홀가분한 오후 · 128

감자 먹는 사람들 · 132

열정에 반하다 · 136

색채의 마술사를 만나다 · 139

모딜리아니의 수첩 · 143

동화 속에 빠지다 · 147

4부 복사꽃 필 즈음

늦어도 괜찮아 · 153

얼음 왕국 · 156

복사꽃 필 즈음 · 160

사랑의 묘약 · 164

할머니의 향기 · 167

그 아이들 · 170

프레임 · 173

회상 · 176

아버지를 추억하다 · 180

외도 재봉 · 184

진화되지 않은 맛 · 188

1부

화단 앞에서

봄이 되면 암울한 겨울을 이겨내고 돋아나는 새싹과
꽃들의 모습을 보며, 우주가 들려주는 세미한 소리를
놓치지 않고 귀를 열었으면 좋겠다.

커피 칸타타

한바탕 집안일을 마치고 수동식 커피밀에 원두를 놓고 천천히 돌리니 서걱서걱 소리를 내며 부서진다. 그 향이 훅 번진다. 지난번 문인들과 서귀포 한 카페에 들렀다가 사고 온 원두다. 커피 포장지 하단에 생산지가 새겨져 있다. 에티오피아, 콜롬비아, 과테말라, 케냐 유명한 커피 생산국의 커피가 다 들어있다. 혼합된 맛이 궁금하다.

분쇄된 커피 입자는 너무 성기지도 않고 가늘지도 않아 적당하다. 여과지 위에 커피를 얹고 끓인 물 주전자를 들어 천천히 원을 그리며 전문가 흉내로 물을 조절한다. 거품 꽃이 올라온다. 커피가 드리퍼 아래로 경쾌한 소리로 흐르고 커피 향이 코끝을 통해 뇌로 스며든다. "음, 커피 향 좋다." 저절로 혼잣말이 나온다.

청년 시절에는 퇴근하고 밤중에도 커피를 마시며 그향에 취하지 않았던가. 때로는 깊어가는 밤 라디오 음악

프로그램을 즐기며 때로는 책과 벗하며 커피를 끼고 살았다.

요즘엔 나이 탓인지 오후는 시간을 보며 커피를 마셔야 한다. 3시 이후에 커피를 마셨다간 꼬박 밤새는 고통을 감내해야 한다. 지금은 오전 시간이 아닌가. 그것도 오롯이 혼자만이 즐기는 시간이다. 내린 커피를 한 모금 마셨다. 부드럽다. 목넘긴 후에 아련한 향이 입안 가득 맴돈다. 여러 나라의 커피 조합이 생각보다 묘한 매력이 있다. 화합을 이루면서 자기 개성과 신념을 지키는 화이부동和而不同, 커피에 너무 후한 점수를 주었나.

커피 봉지에는 "아, 맛있다. 커피! 천 번의 키스보다 황홀하고 머스카델 포도주보다 달콤하다."라고 쓰여있다. 그러고 보니 그 유명한 바흐의 〈커피 칸타타〉에 나온 커피 중독에 빠진 딸의 노래다. 커피를 포기하라는 아버지 경고에도 딸의 커피 사랑은 물러서지 않고 커피 없이는 살아갈 수 없다는 귀여운 협박까지 한다. 가사가 웃음 짓게 한다.

그 당시에는 부자가 아니면 마시기 힘들 정도로 상당히 비쌌던 커피, 고작 17g이 방적공의 품삯과 맞먹었다. 커피 한두 잔 값이 생산적 근로자가 종일 일하고 받은 일당인 셈이다. 커피가 비싼 이유는 정부에서 커피를 사치품으로 간주해서 세금을 부과해서 국고를 채웠으니, 커피의 몸값이 짐작된다.

전문가에 의하면 지금도 커피는 빛보다 그림자가 더 많다. 커피는 가장 가난한 나라에서 생산되어 가장 부유한 나라에서 소비하는 대표적인 산업이지만 사천 원짜리 커피 한 잔에서 생두 생산자에게 돌아가는 돈은 고작 1%인 사십 원이라니 불균형한 소득 분배 소식에 어쩐지 씁쓸하다.

오래전 일이다. 스승의 날이 되면 가끔 일본에서 나온 인스턴트 커피를 선물 받은 적이 있다. 귀한 보물을 품에 넣은 것처럼 행복했던 마음이 아직도 생생하다. 요즘엔 커피를 흔하게 마실 수 있는 시대가 아닌가. 눈길 닿는 곳마다 아담한 카페, 다양한 커피 종류, 카페 앞을 스쳐 지나가기만 해도 기분 좋은 끌림이 있다.

오늘은 조용한 거실 카페에서 나 혼자만의 '커피 칸타타'를 즐겨 봐야겠다.

"오, 내 친구 커피여, 내 곁에 그대가 있어 행복하오."

화단 앞에서

여름 방학이 끝나가고 있다. 오늘은 방학 중 근무 순번이다.

교실에 들어서니 더운 열기로 후끈거리고 구석마다 거미줄이며 먼지가 수북하다. 유리 창문을 열어젖히고 청소부터 서둘렀다. 창가 옆에 놓여 있는 화분에 물을 주려는데 흙이 촉촉이 젖어있다. 방학 동안 부지런한 행정실 직원이 물을 준 덕분이구나. 그럼 그렇지. 이 더위에 굳게 닫힌 교실에서 여태 초록색으로 살아있을 리 없지.

언제나 온유한 모습에, 오른손이 하는 일을 왼손이 모르게 일하시는 분, 다른 학교로 전근 소식을 듣던 날, 모든 교직원이 아쉬워하며 헤어지는 모습에 직장생활과 인간관계를 다시 한번 돌아보게 했다.

봄 초입에 아이들과 함께 심은 마 줄기가 낚싯줄을 따라 올라가다가 모자라서 저들끼리 몸을 감아 천정을 장식하고 있다. 호박잎처럼 넓은 잎이 늦가을까지 오래도록 초록색 교실을 만들어 주기에 좋아하는 식물이다.

교실 앞 화단을 들여다보니, 지붕 위로 이어진 끈을 따라 가늘게 올라가던 수세미 줄기에 그동안 뜨거운 햇살을 견디어 낸 팔뚝만 한 것들이 주렁주렁 매달려 있다.

수돗가 구석진 곳에는 배수관에 기댄 흰색 파란색 나팔꽃들이 종종 웃음을 지으며 인사를 건넨다. 복숭아와 채송화, 달개비와 산수국, 맥문동과 달걀을 닮은 관상용 가지까지 저마다 모양과 색깔이 다르지만, 조화를 이루고 있다. 방학 전날 교실 정리를 하다가 시들어가던 시클라멘과 박하를 화단으로 옮겨 심었는데 신기하게도 튼실하게 자라고 있었다. 이곳으로 옮겨줘서 고맙다는 눈인사도 한다. 좁은 화분에서 답답했을 것이다. 다른 식물들과 어울려 오랫동안 벗했으면 좋겠다.

건물과 건물 사이 조그맣게 만들어진 화단, 근사하게 꾸며졌거나 그렇다고 사람들 눈에 잘 띄는 곳은 아니지만 소중하다. 봄이면 꽃씨를 심고, 저마다 자기들 모둠에서 싹이 빨리 돋아날 것이라고 떠들며 아침마다 그 옆에 쪼그리고 앉아 기다리는 아이들이 눈에 선하다. 어느 날, 한 녀석이 땅을 밀치고 올라온 손톱만 한 새싹을 보고 대단한 보물이라도 발견한 것처럼, "싹이 났어요! 싹!"이라고 소리를 지르면 우르르 모여드는 공간이다.

굳이 크거나 넓지 않아도 좋다. 근사하거나 화려하지 않으면 어쩌랴. 봄이 되면 암울한 겨울을 이겨내고 돋아나는 새싹과 꽃들의 모습을 보며, 우주가 들려주는 세미한 소리를 놓치지 않고 귀를 열었으면 좋겠다.

큰 꽃에 가려 보이지 않는 꽃.
작다
귀엽다
아름답다.
우리 엄마 저고리에 꽃 단추 달았으면.
　　　　　　　　　　　　　　　　- 제해만의 〈채송화〉 전문

방학이 끝나면 총총히 피어있는 봉숭아꽃을 따서 스케치북에 한바탕 꽃물을 들이며 그것들이 어디서 왔는지 들려주고 싶다. 그 옆에 수줍게 숨어있는 채송화에 인사 건네는 것도 잊지 말아야겠다.
　방학 전 종알종알하던 동시, 그동안 잊지 않았겠지.

논

1.

내 어릴 적, 논이 있다는 건 쌀밥을 먹을 수 있어서 주위 부러움을 사는 일이다.

계단식 직각형 논에 물을 대고 써레질로 다진 논에 하늘이 내려앉았다. 어린 모는 모판을 나와 너른 논으로 이사 갈 시기가 되었다. 한 움큼씩 묶은 모를 논 중간중간 뿌려놓고 모내기가 시작된다.

두 사람이 논두렁에 마주 앉아 긴 줄 팽팽하게 잡는다. 모심을 때 간격을 맞추는 중심 역할을 한다. 모를 한 줌 잡아 왼손에서 오른손으로 받아넘기는 찰나 모는 논바닥으로 꽂힌다. 그 속도가 번개다. 사람들의 손놀림이 예술이다.

잠시, 허리를 폈다. 새참 시간이다. 새참이라 해야 겨우

막걸리 효소 빵 한 조각, 논 옆 샘물에서 떠온 물 한 대
접, 시원한 노래 한 곡조 뽑으며 다시 논 가운데로 들어
선다.

어스름에야 마주 잡았던 줄을 거두고 온종일 굽혔던
등을 편다. 종과 횡으로 일직선을 이룬 모들이 논마다 연
둣빛 물감을 풀어 놓았다. 이제부터 논바닥에서 스스로
일어서야 한다. 며칠 동안 할머니는 이른 새벽부터 논두
렁을 오가며 쓰러진 아기 모들을 일으켜 세우는 일을 해
야 한다.

여름이다.

그동안 주인의 발소리에 진초록 잎을 띤 벼는 허리만
큼 자랐다. 어디 주인의 발소리만이랴, 이슬과 햇빛, 바
람, 개구리 울음소리도 이들을 키웠음이다.

방학이다.

할머니가 논으로 동행하잔다. 논에 나그네가 들어와
자리를 차지하고 뿌리를 내렸다. 질긴 피다. 허벅지까지
바지를 올려 논에 들어가 피를 뽑는데 장딴지 느낌이 이
상하다. 거머리가 붙어있다. 야, 이놈 하며 시커먼 거머리
를 떼어내어 내동댕이친다. 피는 벼와 비슷하게 생겨서
바람에 흔들거릴 때마다 방해 작전이 되어 일을 더디게
한다. 피를 한 아름 뽑아 논두렁에다 냅다 팽개친다.

약을 치는 날이다.

이번엔 할머니의 강권 명령이다. 큰 고무통에 약을 섞어 긴 호수를 논두렁 사이사이로 흘려보낸다. 수동식 농약 기계는 쉼 없는 팔 운동으로 농약을 내보낸다. 무료함과 지루함은 하품으로 이어지고 이내 눈꺼풀이 내려앉는다. 저 멀리서 약이 나오지 않는다고 할머니가 소리 높인다. 왼팔과 오른팔을 번갈아 가며 씩씩하게 노를 젓는다.

가을이다.

황금빛이다. 겸손히 고개 숙인 벼는 논두렁을 수없이 오가며 보살핀 주인의 낫에 흔쾌히 몸을 맡긴다. 탈곡기가 털어내는 황금 낟알이 가마니로 들어가 마루에 차곡차곡 쌓인다. 할머니 얼굴엔 미소가 번지기 시작한다.

2.

출장 나왔다 친정엘 들렀다. 지는 해를 받으며 논길을 걸었다. 모내기하던 논들이 온통 비닐하우스로 변해 있다. 오래전, 어느 일간지에서 읽었던 기사가 생각났다. 환경단체인 풀꽃세상이 자연에 대한 존경심 회복을 위해 수천 년간 이 땅의 사람들을 먹여 살려온 논에 상을 주었다.

환경운동을 펼치고 있는 풀꽃세상은 골목길, 새만금, 백합, 지렁이, 자전거 등 사람이 아닌 자연과 사물에 수여해 오고 있다. 특이하다는 생각도 들었지만, 감성적인 환경운동을 펼치고 있는 소식에 반가운 생각이 들었다.

논에 도착했다. 아버지 퇴임 후 방풍림과 밀감나무를 심고 나니 과수원으로 바뀌었다. 모내기하고 벼가 익어가는 모습을 보며 자라던 어린 시절은 추억으로만 남아 있다.

온종일 논두렁에 웅크리고 앉아 모내기 줄을 잡아 넘기는 일이 지루해서 논둑을 넘나들며 출싹대는 개구리에게 흙덩이를 던지며 장난을 했다. 여기저기서 튀어나와, 돌림노래로 쉼 없이 합창하던 그 소리는 기억 속에 묻혔다. 새삼 개구리 소리가 그립다. 논길을 따라 흐르던 물이 흔적도 없이 말라 있다.

비닐하우스로, 과수원으로 변해 있어도 여전히 '앞물 논'이라 부른다.

cosmos

이른 아침, 문득 그 꽃이 보고 싶어 차를 몰았지.

유난히 더웠던 여름의 끝자락에서 속히 가을을 만나고 싶었네.

몇 년 전 출·퇴근길에 손을 흔들던 모습이 떠올랐다네.

가을을 연상시키는 꽃이지만 여름에도 만날 수 있다는 게 낯설었지.

뒤늦게 가을에만 피는 꽃이 아니라 6월부터 피기 시작한다는 걸 알았네.

여고 시절, 가을이 되면 늘 코스모스 피어있는 길을 걸었지.

마을 입구부터 마을 안까지 길게 늘어선 코스모스들이 소녀들의 마음을 흔들었네.

밤이면 달빛과 밀어를 나누는 코스모스, 우리는 눈치 없이 목소리 높여가며 훼방을 놓았지.

미풍에도 넘어질 듯 흔들리며 넘실대는 모습은 보는 이의 마음을 편안하게 하는 수채화의 손짓이었네.

가냘프게 흔들려서 우리말 이름이 살살이라고 하네.

서양에서는 거대하게 코스모스라고 이름을 붙였네.

코스모스(cosmos)가 우주라는 뜻이지.

우주를 코스모스라고 처음 부른 사람은 기원전 6세기 그리스의 철학자이자 수학자인 피타고라스라고 하네.

그는 우주를 저마다 다른 음을 내는 악기들이 펼치는 화음과 선율의 조화로 바라봤네.

조화로운 질서, 코스모스(cosmos)가 우주와 다를 바 없다는 거네.

우주는 질서 있는 세계, 곧 창조의 질서지.

그 가냘픈 꽃을 코스모스라고 부르는 것이 의아하긴 하네만, 아름다움을 위해서도 조화로운 질서가 필요하다는 뜻이네.

질서대로 창조하시고 '보시기에 좋았더라.' 하셨네.

햇빛이 서서히 강렬해지기 시작하네.

코스모스는 아랑곳하지 않고 오롯이 자기만의 빛깔로 햇빛과 마주하고 있네.

미세한 바람에 코스모스 무리가 춤을 추네.

오늘 그 우주와 오랜 시간 눈 맞춤을 하였네.

보시기에 좋았더라, 하신 말씀 아직도 변함없으신지 물었네.

카사블랑카

이곳이 영화 촬영지가 아님을 알면서도 흑백 필름에서 기억되는 장면들 때문에 약간의 기대와 설렘이 있었다. 기대가 너무 큰 탓일까. 차에서 내린 일행들은 다소 맥이 빠진 모습이다.

이미 스페인의 휴양도시 미하스에서 반짝이는 지중해와 하얀 벽마다 꽃 화분을 매달아 놓은 골목을 걸어 보고 온 탓도 있는 것 같다. 눈이 간사해진 것이다.

도시가 칙칙한 회색빛을 띠고 있다. 영화 '카사블랑카'의 장면이 희미하게 스친다.

2차 대전으로 어수선한 프랑스령 모로코, 미국인인 릭(험프리 보가트)은 암시장과 도박이 판치는 카사블랑카에서 카페를 운영하고 있다. 어느 날 미국으로 가기 위해 비자를 기다리는 피난민들 틈에 섞여 레지스탕스 리더인 라즐로(폴 헨라이드)와 아내 일사(잉그리드 버그만)가

릭의 카페를 찾는다. 이들 부부는 릭에게 미국행 여권을 구하려 부탁하러 온 참이었는데 엘사를 본 릭은 깜짝 놀라고 만다. 일사는 릭의 옛 연인이었다.

꿈같던 파리 시절, 그토록 사랑했던 연인. 릭과 일사는 나치 점령의 전쟁 속에서도 뜨거운 사랑을 나누던 사이였다.

해후한 두 사람의 가슴에는 잊으려 했던 사랑의 불꽃이 또다시 가슴을 뒤흔든다. 이들의 사연을 아는 카페의 피아노 연주자인 샘에게 노래를 부탁하며 추억에 젖는다. 그 곡이 '세월이 흐르면'이다.

세월이 흐르면
꼭 기억해 둬요
키스는 키스일 뿐
한숨은 한숨일 뿐
진실한 감정은 세월이 흐르면 날아가 버려
여인들이 사랑한다는 말도 세월이 흐르면 믿을 수가 없어
세월이 흐르면 돌아오지 않아.

안개 낀 카사블랑카의 공항에서 일사는 남편과 떠나길 망설인다. 그 급박한 순간에 일사는 눈물을 흘리며 한없는 사랑과 회한의 시선이 교차한다. 사랑과 관용의 미학

적 극치를 보여 준 영화다. 서로를 응시한 채 일사는 트랩을 오르고 릭은 사라지는 비행기를 한동안 바라본다. 릭은 이들 부부를 추격해 온 게슈타포 슈투라서 소령을 사살하고 날아오르는 비행기를 바라보며 눈물로 전송한다.

기억을 더듬어 보면 그 장면에 몰입되어 가슴이 아렸다. 한동안 '카사블랑카'는 예술작품이라기보다는 20세기 대중문화의 한 아이콘이 되었다. 많은 사람이 영화 속 그처럼 바바리코트 깃을 세운 채 담배를 입에 물고 릭을 흉내 내곤 했다. 외국 배우의 이름을 줄줄이 꿰는 친구들에 비해 나는 오로지 잉그리드 버그만의 매력적인 눈매에 빠져 한동안 그녀를 사랑했던 시절이 있었다.

세월이 많이 흘렀다. 나는 지금 북아프리카의 대서양 해안에 있는 모로코 최대의 항구 카사블랑카에 서 있다. 올 때마다 안개가 끼어 허탕 치는 날이 많았는데 오늘 드디어 만났다고 가이드가 감탄한다. 눈앞에 광대한 노을이 펼쳐져 있다. 카메라에 담기가 바쁘다. 세월이 흐르면 이 또한 흑백 필름처럼 희미해지겠지만 오늘만은 저 하늘을 수놓은 강렬한 빛을 누리기로 했다.

누가 불을 질렀나. 대서양 노을이 붉다.

칼디의 전설

딸아이가 에티오피아에서 두 해 남짓 코이카(KOICA) 해외 봉사활동을 마치고 돌아왔다. 예상하지 못했던 지역이라 처음 그곳으로 배정되었을 때 많이 당황했다.

6·25전쟁 당시 유엔군 일원으로 참전했던 국가, 아프리카 최대의 커피 생산국, 유명한 '아라비카 커피'의 원산지, 내게 입력된 에티오피아에 대한 정보는 그게 전부였다.

나중에 딸아이에게 들어서 알게 되었지만, 지구상에 유일하게 13월이 있는 달력을 사용하고 있는 나라다. 에티오피아는 아프리카의 다른 나라와 달리 외세의 지배를 받은 적이 거의 없으므로 민족적 자부심이 대단하다고 한다. 하긴 '에티오피아 왕조의 창시자는 솔로몬 왕과 시바 여왕의 자손 멜리크네다'라는 조항이 헌법에 명시되어 있다고 하니 그 유세가 오죽할까.

가끔 카카오톡으로 딸아이와 안부를 주고받았지만, 아직도 그곳은 인터넷 사정이 따라주지 않아 먹통이 되어 애를 태웠다. 수돗물과 전기가 공급되지 않으면 4, 5일 견뎌야 하는 불편함도 나중에는 익숙해졌다 하니, 사람은 환경에 적응하는 존재로 창조되었는지 건강하게 지내다 돌아와서 기쁘다.

요즘 딸아이가 아침을 먹고 난 후 느지막하게 에티오피아서 가져온 커피를 내린다. 식탁에 커피용 기구들이 널려 있고 뜨거운 물을 타고 여과지에서 천천히 떨어지는 커피의 향이 온 집안으로 번진다. 탁자 한쪽에는 그곳에서 커피를 끓일 때 사용하던 호리병처럼 생긴 검정 주전자 제베나와, 정종 잔 모양의 커피잔 시니가 기념으로 진열되어 있다. 에티오피아에서 커피를 끓이는 전통적인 방법을 듣고 있으면 그 정성에 경의를 표하게 된다.

말린 커피콩을 하나씩 손으로 골라낸 후 숯불을 지피고 볶는 동안 쉬지 않고 부채질을 하며 불의 온도를 유지한다. 볶은 커피콩을 절구에 넣고 빻아 가루를 낸 후 검정 제베나 주전자에 담아 다시 물과 함께 끓인 다음 시니에 담아 대접한다.

전기 코드만 꽂으면 몇 분 내에 커피가 해결되는 요즘 세상에 그들은 숯불을 피우고 부채질하며 커피를 만든다. 불편하지만 그들만의 고유한 생활방식에는 마음의 쉼표와 여유가 있는 듯하다.

진한 커피를 마시고 있노라니 생각나는 이야기가 있다.

기원전 6, 7세기경 에티오피아의 고원지대인 카파지역에 칼디라는 목동이 살고 있었다. 어느 날 기르던 염소들이 흥분해서 날뛰는 것을 발견하고 관찰하니, 숲속의 작은 나무에서 열리는 빨간 열매를 먹은 염소들이 흥분하여 밤에 잠들지 않는다는 사실을 발견하게 되었다. 호기심이 강한 칼디는 직접 그 열매를 따 먹어 보았는데, 온몸에 힘이 넘치고 정신이 상쾌해지며 기분이 좋아지는 것이었다.

신기하게 여긴 칼디는 열매를 따서 사원의 사제에게 가져갔지만, 기분이 좋아지는 것이 악마의 유혹이라고 생각한 사제들은 열매를 불에 던져버렸다.

그런데 그 열매는 불에 타면서 더욱 그윽하고 향기로운 향을 냈고, 그 향만으로도 주변의 사람들을 기분 좋게 만들었다.

그제야 '신의 선물'이라고 생각하고 열매로 음료를 만들어 마시기 시작했고, 마시면 졸음이 오지 않는다는 것을 발견해 이슬람에서는 밤늦게까지 기도할 때 졸음을 쫓는 종교적 목적의 약으로 널리 쓰이기 시작했다.

이슬람 문화권에 의해 발전되어 차차 유럽으로 퍼져나

가기 시작했다.

　에티오피아서 커피는 분나라고 부르지만 원래 커피라는 말은 에티오피아 카파(Kaffa)라는 지명에서 비롯되었다고 한다. 카파에서 생산된 분나는 물자 교역을 통해 아라비아반도로 건너간 후 이슬람의 전파를 따라 유럽 전역으로 퍼져나갔다. 아랍인들은 카파에서 온 분나를 줄여 카베(Kahve)라고 불렀고, 카베를 맛본 유럽인은 처음에는 '아라비아 와인'이라고 부르다가 카베와 비슷한 발음인 카페(cafe)로 불렀다. 커피(coffee)라고 처음 이름을 붙인 사람은 1650년경 커피 애호가였던 영국의 헨리 블런트 경이라고 한다.

　그렇게 돌아서 한국으로 들어온 커피가 이제는 우리의 식구가 되어있다. 우리에게 커피 없는 일상을 상상할 수 있을까. 어제는 신맛 나는 커피를, 오늘은 탄내 나는 진한 커피를 내린다. 나는 아직도 정확히 커피 맛을 모른다. 전문가들은 나쁜 맛이 없어야 하고 마신 뒤 부정적인 요소가 남지 않아야 하고, 커피를 마시고 난 다음 커피의 맛과 향이 얼마나 입안과 목에서 여운으로 길게 남느냐를 따진다. 다 맞는 이야기지만 자기 입에 맞으면 그게 좋은 커피일 것이다. 커피 향에 딸아이의 온기가 전해온다. 오늘은 나도 칼디가 되어 기분 좋은 하루를 보내련다.

짧은 만남

암스테르담에 또 올 수 있을까. 반 고흐 미술관을 나와 서둘러 걸음을 재촉했다. 휴대전화 네비가 안내해 주는 길을 따랐다. 안네 프랑크의 집에 가기 위해서이다. 네비의 안내를 따랐지만, 비슷비슷한 골목에 당황한다. 얼마쯤 헤맸을까, 길게 줄을 서 있는 사람들이 보이기 시작한다. 가까이 가 보니 강변 옆 다층 연립인 안네 프랑크 집이 맞다. 늦여름 햇살과 마주하며 기다리는 방문객의 열의가 놀라울 뿐이다.

집 안으로 들어가려면 두어 시간은 기다려야 될 것 같다. 공항에서 일행들과 만나기로 한 시간에 맞추려면 아무래도 무리다. 지하에 있는 안네 프랑크 기념 서점으로 내려간다. 천천히 둘러보며 안네 프랑크의 흔적을 만나고 싶었는데 아쉬움이 크다. 그나마 가족과 함께 환하게 웃고 있는 흑백 사진 속 안네를 보며 위안으로 삼는다.

사진 속 그녀는 전쟁이 아픔을 이겨 낸 담담한 모습이다.

안네를 알게 된 것은 중학교 시절, 학교에서 단체로 영화를 관람하면서다. 처음 경험하는 극장 안은 갑갑하고 공기도 탁했다. 흑백 화면은 중간중간 고무줄 같은 선이 왔다 갔다 하며 산만했지만, 유대인 검거에 혈안이 된 나치군을 피해 커튼을 내린 어둠 속에서 눈빛만으로 가족과 소통하는 장면은 우리 모두를 숨죽이게 했다.

안네의 일기는 나치의 학살을 피해 식품회사 창고에 은신처를 마련하고 숨어 지내며 쓴 글이다. 전쟁과 죽음의 공포를 피해 몇 년간 숨어 지내야 했던 답답함, 그런 고통 속에 일기는 사랑이며 희망이었다.

"우리 아빠, 내가 봐도 세상에서 제일 멋진 우리 아빠는 서른여섯 살에 엄마와 결혼했는데, 엄마는 그때 스물다섯 살이었습니다. 언니 마르코는 1926년에 프랑크푸르트 암마인에서 태어났고, 나는 1929년 6월 12일에 태어났죠. 우리 가족은 내가 네 살 때까지 프랑크푸르트에서 살았는데, 유대인이었으므로 1933년에 독일을 떠나 네덜란드로 이주했고, 아빠는 잼을 만드는 네덜란드 오페크타 상회의 사장이 되었습니다."

– 『안네의 일기』 중에서

히틀러의 유대인 탄압 정책의 여파를 정면으로 받아 불안한 나날을 보내고 있는 시기였다. 유대인 탄압을 위한 법령이 잇달아 공표되고 자유에서 점점 멀어진다. 유대인은 다윗의 별을 상징하는 노란 별표를 달아야 했다. 전차도 탈 수 없고 스포츠 시설에도 함부로 들어갈 수가 없었다. 유대인에 대한 금지령은 점점 늘어나지만, 안네는 불편한 현실을 일기에 쏟아내며 자아를 성장시킨다.

그녀가 살아가는 이유는 남자 친구 페터를 만나는 것이었다. 페터를 향한 사랑이 풋풋하다. 페터와 키스하는 꿈을 꾸고 꿈속에 느낀 페터의 뺨의 감촉을 황홀해하는 안네의 쿵쿵거리는 심장 소리가 전해오는 듯하다. 아침부터 밤까지 오로지 그에 관한 생각으로 가득하고, 그가 다가올 때마다 가슴 설레는 영락없는 수줍은 사춘기 소녀다.

사랑에도 위기는 온다. 무덤덤하게 대하는 페터 때문에 괴로워하지만, 겉으로는 보통 때와 같이 행동해야 하는 소녀의 고민이 애처롭다. 그가 나를 별로 좋아하지 않는 게 아닐까. 이제까지 나 혼자만 설치다 만 건 아닐까. 혼자 묻고 답하는 안네의 고민이 사춘기 때 성장통을 치렀던 내 모습과 닮아 슬그머니 웃음 짓게 한다.

역시 사랑의 힘은 강하다. 남자 친구를 향한 사랑이 은신처에서의 불안과 공포로 에워싼 삶을 덜어낼 수 있었으니까 말이다. 안네는 나라와 민족에 대한 희망을 노래하며, 지긋지긋한 전쟁이 끝나면 유대인은 세상의 본보기로 존경받는 민족이 될 것이라 확신한다. 오랜 세월 동안 살아남은 유대인, 인간의 힘으로 가능한 일은 하고 불가능한 일은 철저히 창조주에게 맡긴다. 유대인을 절대 버리지 않을 것이라고 믿는 믿음은 신앙이었다. 전쟁의 참담한 현실 앞에서도 아픈 상처를 속속히 드러낼 수 없음을 고백하는 안네는 소녀가 아닌 이미 성숙한 어른으로 성장해 있음이다.

시간에 쫓겨 급히 건물을 나오려는데 벽면에 걸린 단발머리 안네와 마주했다. 시간이 너무 짧다. 저 기경한 모습과 오래 하지 못해 아쉽다. 한참 동안 내 눈에 아른거릴 것이다.

가우디 건축

몇 년 전 직장을 명예퇴직하면서 스페인 여행을 계획했다.

미모의 여자 아나운서가 다니던 방송국에 사표를 내고 스페인에서 유학하며 그곳 사람들과 어울려 살며 사람 냄새 나는 이야기를 소개한 책 『스페인 너는 자유다』를 읽고 마음이 동했다.

그해, 친정어머니가 이 세상 소풍을 마치고 떠나는 길을 전송해야 했고, 동행하기로 한 딸아이는 해외봉사단원으로 신청하고 합숙 훈련에 들어가는 바람에 자연스레 미뤄지고 말았다.

더위가 썰물처럼 빠지고 연일 날씨가 쾌청해졌다. 미루었던 기회가 왔다. 남편이 여행경비를 후원하며 건강하게 다녀오라고 응원한다. 자유여행을 할 것인지 패키지로 갈 것인지를 놓고 딸아이와 고민하다가 쉬운 방법

을 택했다. 전국에서 모인 일행과 함께 스페인으로 날아
갔다.

드디어 사그라다 파밀리아 성당과 마주했다. 1882년
에 가우디 스승인 비야르기가 착공하여 이듬해부터 가
우디가 맡아 일부를 완성하고 여전히 공사가 진행 중이
다. 이번 여행의 목적도 가우디의 건축물을 만나는 게 우
선이었다. 바르셀로나에 가서 그의 작품을 보는 것이 아
니라 그의 작품을 보기 위해 바르셀로나에 간다고 하는
말이 있다. 맞는 말이다. 건축물에 무관심한 사람도 그의
건축물 앞에 서면 자연스레 입이 벌어질 것 같다. 빈틈을
허용하지 않고 섬세하게 들어찬 조각품이 살아 있는 듯
생생하다.

하늘을 향한 첨탑들이 우주를 향해 발사할 것 같이 솟
구쳐 있다. 어떤 사람은 첨탑의 모양이 알갱이가 모두 빠
진 옥수수 모양 같다고 했다. 그 모양이 정교하다. 성당
안으로 들어갔다. 입을 다물지 못한다. 성당 안에 이런
아름다운 숲을 가져올 줄이야. 수백 년 된 야자수가 들어
선 듯, 굵은 기둥은 올라갈수록 여러 갈래 가지를 뻗어
꽃이 되어 천장을 받치고 있다. 스테인드글라스를 통해
실내로 들어오는 오색찬란한 자연의 빛은 숨이 멎을 것
같다.

가우디는 아담과 이브에게 베풀었던 아름다운 에덴을

이곳에 이루어 내려 했던 것일까. 동쪽 창으로 들어오는 파란색의 빛은 생명을, 서쪽 창으로 들어오는 황금빛은 인생의 황혼을 나타냈다. 인간의 태어남과 죽음을 빛으로 묘사한 그의 깊은 의도가 놀랍다.

내가 가우디의 가족 관계를 묻자 혈육은 조카뿐이라고 가이드가 귀띔한다. 사랑 한 번 못해 보고 평생 독신으로 살면서 생애 마지막까지 40여 년 동안 열정을 바친 걸작품 앞에 일행은 숙연했다. 그는 산책길에 나섰다가 전차에 치었는데, 행색이 너무 초라하여 아무도 그를 알아보지 못했다고 한다. 그렇게 가우디는 친구들 품에서 세상과 작별을 했다. 그리고 마지막 혼을 불태운 성당 지하에 편히 잠들어 있다. 신앙심이 깊다고 하지만 한 인간으로 외롭게 지냈을 천재의 삶을 생각하니 한편 씁쓸하다.

사그라다 파밀리아 성당에서 가까운 거리에 가우디가 설계한 구엘 공원이 있다. 곡선의 조형물들, 알록달록한 집 모양이 꼭 헨젤과 그레텔에 나오는 동화 속에 들어온 느낌이다. 대학 졸업 직후 가우디는 파리 만국박람회서 출품하면서 재력가인 구엘 백작의 눈에 띄었다. 금수저를 물고 태어난 구엘 백작이 후원으로 그의 재능이 꽃피우게 되었으니 사람과 사람 사이 만남의 복이 소중하다.

가우디의 작품이 마음에 들었던 백작은 아예 자신의 집과 별장, 공원을 맡게 되면서 마음껏 역량을 발휘하게 된다. 직선은 인간의 선, 곡선은 신의 선이라 생각한 그는 모든 건물을 곡선으로 구불대는 건축을 했다. 공원의 울타리도 사람들이 앉아 쉴 수 있는 벤치도 모두 곡선이다. 가우디 상징인 알록달록한 타일 조각기법이 독특하다. 가이드가 자꾸 벤치에 앉아보라고 권하는 바람에 무심코 앉았다. 편하다. 엉덩이와 허리선을 고려해서 설계한 벤치임을 나중에야 설명해 준다. 벤치에 앉으니 바르셀로나 시내와 지중해가 한눈에 시원하게 들어온다. 동화 속에 오래 머물고 싶었지만, 걸음을 재촉한다.

가우디의 건축법을 두고 어떤 이는 천박한 시도라 비웃었고 피카소는 '부자들 비위 맞추는 영혼 없는 건축가,'라고 비아냥댔다고 한다. 영국 소설가 조지 오웰은 사그라다 파밀리아 성당을 향해 '세상에서 가장 흉물스러운 건축물'이라는 조롱을 했다고 하니 천재 옆에는 늘 질투와 음모가 공존하고 있는 게 우리의 삶인가 보다.

가우디 사후 100주년이 되는 해 성당이 완공 예정이라고 하자 일행 중에는 앞서 나이를 계산하며 그때를 기대해보자고 소리 높인다. 그는 "인간은 창조하지 않는다. 다만 발견할 뿐이다."라고 했다. 그렇다. 이곳 바르셀로나에서 가우디가 발견한 아름다운 건축물에 취해 나는 정신을 차릴 수가 없다.

忍冬草

비양도로 향했다. 10여 년 만이다. 친구의 아들이 전투경찰로 근무하고 있어 위문을 핑계 삼아 친구와 동행했다. 15분여 만에 도착한 섬, 강한 바닷바람이 물보라를 일으킨다. 바람은 모자를 벗기고 소금기를 머금고 날아온 물보라는 안경을 부옇게 만든다.

초소를 찾아 친구의 아들을 위문하고 해안을 따라 걸었다. 섬을 처음 방문한 친구는 생각보다 주변이 아름답다며 연신 감탄한다. 바닷바람과 마주한 길가 메꽃이 방문객을 맞이한다. 심한 바람에 납작 엎드려 제 살길을 찾는다. 생존을 위해 치열하게 바람과 맞서는 모습이 눈물겹다. 바람이 심해 마을 골목으로 들어섰다. 익숙한 꽃향기가 코끝에 닿는다. 돌담을 감싸 안고 피어난 인동꽃 군락을 만났다. 줄기들이 서로 단단히 뭉쳐있으니 강한 바람도 이내 비켜 가고 만다. 갓 피어난 흰색과 노란색으로

지는 꽃들이 바람에 흔들거리니 쉼 없이 재잘대는 아기들 입 모양과 닮았다. 인동꽃을 따서 쪽쪽 꿀을 빨며 어린 시절의 추억을 나눈다. 약재로 쓰인다고 하여 이웃 할머니가 꽃잎을 따서 말리는 모습을 봤다.

산야나 숲에서 종종 만나지만 바다와 인접한 곳에서 인동꽃을 볼 수 있어 반갑기 그지없다. 겨울에도 줄기가 마르지 않고 겨울을 견디어 봄에 다시 새순을 내는 질긴 인동초, 한때 고초를 겪고 숱한 어려움을 이겨낸 어느 대통령의 상징이기도 했다.

꽃과 마주하고 보니 문득, 지인의 모습이 스친다. 딸아이 때문에 혹독한 겨울을 지내는 중이다. 가까운 가족 중 한 사람이 내뱉은 말이 딸아이의 영혼에 생채기를 내고 말았다. 그 후유증이 깊다. 세월이 꽤 지났는데 자국이 통 아물지 않는다. 간혹 실패해도 두렵지 않은 나이, 한껏 멋을 내어 친구들과 수다를 쏟아내야 할 나이다. 가끔 외국 여행을 통해 세계에 대한 많은 문화 경험도 할 수 있겠다. 짧고 화려한 이십 대가 빠르게 지나가고 있지만, 아직은 집 안에서 한 발짝도 움직일 기미가 없다. 딸아이도 지켜보는 엄마도 추운 겨울을 인내하며 보내고 있다. 언젠가 모진 겨울을 이겨내고 인동꽃으로 피어나길 소망해 본다. 그 향기가 더 진하겠지.

인동덩굴은 한방에서는 금은화라고 하는데 꽃이 필 때

는 흰색 질 때는 노랗다 해서 금은화다. 아름다운 이야기
가 생각난다.

금실 좋은 부부가 어렵게 쌍둥이 자매를 얻었다. 이 쌍
둥이 이름은 금화와 은화였고 선녀같이 예쁘고 마음씨도
고와 마을 사람 누구나 좋아하였다. 그러던 어느 날 쌍둥
이 자매는 열병에 걸려 죽고 말았다. 쌍둥이 자매는 죽기
전에 비록 자신들은 죽지만 죽어서 이 병을 치료할 수 있
는 약초가 되겠다고 하였다.

두 쌍둥이 무덤에서 이름 모를 약초가 자라났고 처음
은 흰색이다가 점차 노란색으로 변하는 것을 보고 금은
화라고 이름 지었다. 몇 년 뒤, 마을에 열병이 다시 돌았
다. 사람들은 쌍둥이 말을 기억하고 약초를 달여 먹자 모
두 병이 낫게 되었다.

죽어서도 사람들에게 도움을 주고 싶었던 자매의 마음
을 간직한 인동덩굴의 꽃말은 우애, 헌신적인 사랑이다.
강한 바닷바람을 맞으며 겨울을 이겨낸 이들의 우애와
사랑이 눈부시다.

은은한 인동꽃 향이 섬 골목으로 번진다. 바람에 흔들
거리는 모습을 동영상에 담아 지인들에게 전송했더니 곧
달려올 듯 답장마다 환호성이다. 인동꽃에 오래 눈을 맞춘
다. 자세히 보아야 예쁘다는 시인의 마음과 통했다. 열매

는 9, 10월에 익는다고 하니 가을에 또 한 번 나들이 할 핑계가 생겼다.

헌신적인 사랑의 열매가 궁금하다.

말에 대한 사색

어느 날 친한 후배가 제게 다가와서 조심스레 말을 건넵니다.

근래에 어느 자리에서 A를 비난한 적이 있느냐는 것입니다. 뜬금없는 질문에 머리가 멍해졌습니다. A가 그 후배에게 하소연한 모양입니다. 아무리 생각을 해도 비난했던 말이 떠오르지 않습니다. 말을 많이 하다 보니 오해가 생긴 것 같습니다. 여태 풀지 못한 숙제로 남아 있지만 언젠가 오해가 풀리길 소망해 봅니다.

요 며칠 전 아파트 골목을 걸어가는데 초등학교 5, 6학년쯤 되어 보이는 남자아이 둘이서 소리소리 지르며 말싸움을 합니다. 조금 있으면 손이 올라갈 정도로 위태해 보였습니다. 그냥 지나칠 수 없어 제가 끼어들었습니다.

그중 한 녀석이 하소연합니다. 실수로 친구의 손에 든 핫도그를 떨어뜨렸는데 저 친구는 믿지 않고 화를 낸다고 합니다. 그 소리를 듣고 있던 친구는 악을 쓰며 말을 합니다. 실수가 아니고 일부러 핫도그를 떨어뜨렸다고 말입니다. 한 치 양보도 없이 거친 말들이 쏟아집니다. 초등학생이 맞는가 싶을 정도입니다.

처음부터 그 정황을 보지 못해서 듣고 있는 저도 답답합니다. 한 녀석은 실수라 하고, 한 녀석은 일부러 했다고 주장하니 말입니다. 이 팽팽한 광경 앞에서 얼른 해결책이 떠오르지 않았습니다. 한 녀석을 달래면 한 녀석이 쌩하고, 그렇게 한참 실랑이를 벌였습니다. 너희 둘이 화해하지 않으면 나도 이 자릴 뜨지 못하겠다고 애원에 가까운 협박을 했습니다.

두 녀석의 손을 억지로 끌어다 악수를 시키고 마침 가방에 들어있던 초콜릿을 꺼내 손에 쥐여 주며 동시에 "미안"이라고 하자고 주문했습니다. 마지못해 건성으로 했지만 내 말을 들어 준 녀석들이 고마웠습니다. 활활 타오르던 불꽃이 사그라진 모습을 보며 한숨 돌렸습니다. 녀석들과 씨름하느라 힘이 빠졌지만 위태한 상황을 모면했으니 다행입니다. 하지만 얼굴에 독기를 품고 쏟아내던 녀석들의 말들이 그 자리를 떠나지 않습니다.

우리는 말이 자유로운 시대를 살아가고 있습니다. 그 자유로움이 때론 타인에게 상처를 주고 그 상처가 부메랑으로 돌아오는 난무한 시대를 살고 있는지도 모르겠습니다. 그러고 보니 인간관계에서 말이 중요하기는 하나 봅니다. 종교마다 말에 대하여 경고합니다.

불교 경전인 숫타니파타에 나온 말입니다.
"자기를 괴롭히지 말고 남을 해하지 않는 말을 해라. 사람은 태어날 때 그 입안에 도끼를 가지고 나온다. 어리석은 자는 말을 함부로 함으로써 그 도끼로 자신을 찍고 만다."

카톨릭 사제인 토마스 머튼은 그의 '관상기도'에서 다음과 같이 말하고 있습니다.
"침묵으로 성인들이 성장했고, 침묵 때문에 하느님의 능력이 그들 안에 머물렀으며, 침묵으로 말미암아 하느님의 신비가 그들에게 알려졌다. 많은 사람이 열렬히 찾고 있지만, 침묵 속에 머무는 사람만이 발견한다. 많은 말을 즐기는 자는 누구를 막론하고, 그가 비록 경탄할 것만을 말한다고 할지라도 내부는 비어 있다. 무엇보다도 침묵을 사랑하라. 침묵은 입으로 표현할 수 없는 열매를 너희들에게 가져다줄 것이다."

말도 아름다운 꽃처럼 그 색깔을 지니고 있다는 말을 합니다. 살아오면서 내가 한 말에 대한 색깔이 궁금해지는 요즘입니다.

프라하 광장의 봄

오스트리아 비엔나를 출발하여 세 시간여 만에 체코 국경에 진입했다.

슈테판 대성당 앞 비엔나커피를 그리워하며 졸고 있는 일행들을 향해 가이드가 소리친다.

"와! 눈입니다."

정신이 번쩍 든 일행들이 눈을 비비며 일제히 차창 밖으로 고개를 돌리며 환호성이다. 봄에 함박눈이라니, 그 모습이 장관이다. 이제 막 봄을 준비하는 가로수에 소복이 눈이 쌓인다. 크리스마스를 연상케 한다. 여기저기서 봄의 크리스마스를 만났다고 즐거워한다. 유럽 날씨는 시간마다 변덕스럽다는 안내자의 말이 실감 난다. 프라하 시내 들어서자 거짓말같이 눈이 그친다. 시내에 어둠이 내리기 시작한다.

언덕 위 높게 솟은 건축물이 들어온다. 프라하 야경

을 대표하는 프라하성이다. 대통령 관저로 사용하고 있다. 가이드가 걸어가는 일행을 향해 절대 고개를 들지 말고 땅만 보고 걸어야 한다고 한다. 백여 미터쯤 걸었을까. "이제 고개를 들어 보세요."라고 외친다. 일제히 고개를 들었다. 성곽 안에 있는 그 유명한 성 비트 성당이다. 고딕 양식의 웅장하고 아름다운 외관이 눈앞에 서 있다. 여기저기서 감탄과 환호성이다. 조명과 어우러져 여행의 막바지에 지쳐있는 심신을 위로한다. 저녁 시간이라 실내에 들어가지 못했다. 햇살에 투영된 스테인드글라스의 아름다운 장미 창을 제대로 감상하지 못한 아쉬움이 컸지만 프라하의 야경으로 대신했다.

이른 아침부터 프라하 여정이 시작된다. 프라하 구시가지 광장에 도착했다. 체코의 역사를 그대로 떠안고 있는 광장이다. 면죄를 팔며 부정부패를 저지른 로마 교황청을 비난하며 그들의 협박에도 뜻을 굽히지 않다가 화형당한 종교 개혁가 얀 후스와 추종자들의 동상이 광장 중심에 세워있다.

"진실을 사랑하고 진실을 말하고 진실을 지켜라."

진실을 짓밟고 거짓 포장이 더 진실하게 보이던 시대, 거짓 앞에 목숨을 내던지며 외치던 얀 후스의 동상을 올려다본다. 진실과 거짓으로 얼룩졌던 광장을 상상해본다. 몰려든 군중들의 함성, 그들은 누구를 신뢰했을까.

예수를 십자가에 못 박아라 외쳐대던 그 함성과 다를 바가 없겠다.

광장을 둘러싸고 있는 건축물마다 고딕, 르네상스, 바로크, 아르누보 양식 등을 볼 수 있어 유럽의 건축 박물관이라고도 불린다. 독일 시인 릴케가 '프라하, 풍요롭고 거대한 건축의 서사시'라고 했던 찬사를 알 것 같다.

체코는 20세기 들어 춥고 어두운 시기를 여러 번 거친다. 체코슬로바키아의 공산주의를 벗어나기 위한 노력과 변화는 젊은이들과 지식인들이 원동력이 되어 무혈혁명으로 막을 내렸고 드디어 1968년의 '프라하의 봄'을 맞이하게 된다. 프라하의 봄은 매년 5월 프라하에서 열리는 국제 음악축제 이름이기도 하지만 체코 사태 이후 한 외신기자가 '프라하의 봄은 언제 오는가.'라고 타전한 이후 프라하의 봄은 자유와 민주화운동을 상징하는 말이 되었다.

우리나라의 비극적 분단은 언제 끝이 날 것인가. 평화의 봄은 언제 올 것인가. 그 소망을 안고 광장을 둘러본다. 내 소망을 알았는지 광장에 햇살이 쏟아진다. 하루에도 30여만 명 관광객이 찾는다는 프라하, 천문 시계탑과 아담과 이브라는 이름을 가진 두 개의 첨탑이 인상적인 틴 성당 등 주변 건축물에 넋 놓고 있는 일행을 향해 가이드가 체코는 관광객 반 소매치기 반이라는 소리에 화들짝

가방을 점검케 한다.

단체 관광을 신청한 일행들과 헤어져 아들과 딸 셋이서 좁은 골목을 걸으며 잠시 자유여행의 여유를 누린다. 카페로 들어갔다. 진한 커피 향이 기분 좋게 한다. 함께 하지 못한 아빠에게 사진과 일정을 보고하느라 아이들의 손놀림이 바쁘다. 유럽에 처음 나온 아들은 다양한 문화와 환경에 감탄하는 눈치다. 다음은 자유여행을 계획하는 모양이다.

체코까지 온 김에 소설가 프란츠 카프카의 흔적을 만나고 싶어진다. 핸드폰을 꺼내 지도를 봤더니 카프카 기념관까지 다녀오기에는 거리가 너무 멀다. 그의 생가를 찾았지만, 레스토랑으로 변신해 있다. 아직 이른 시간이라 문이 닫혀있다. 다행히 카프카가 매일 저녁 산책을 즐겼던 거리에 머리 없이 걷고 있는 인물상, 어깨에 모자를 쓴 프란츠 카프카가 걸터앉았다. 카프카다운 동상이다.

마흔한 살 짧은 생애를 살았던 프란츠 카프카, 주인공 그레고르가 벌레로 변신하여 주변 사람과 단절된 채 살아가는 그의 소설 ≪변신≫ 통해서 갈망했던 변신은 도대체 어떤 것인가. 일생 외로움과 소외감으로 고생한 카프카의 자신인지도 모르겠다. 우수에 젖은 모습으로 인간 실존에 대한 고민과 성찰로 매일 저녁 산책하는 그의 모습을 그려본다.

내게 주어진 삶에서 존재의 의미를 담은 변신을 시도
해 봐야겠다. 변신에 대한 고민이 깊다. 프라하 광장에
봄 햇살이 눈 부시다.

동백

딸아이와 주민센터에서 동백꽃 배지를 받았다.

빨간 동백꽃 배지 옆에는 '동백꽃은 4·3의 영혼들이 붉은 동백꽃처럼 차가운 땅으로 소리 없이 스러져갔다는 의미를 내포하고 있어 4·3의 상징으로 여겨지는 꽃입니다.'라고 쓰여 있다.

제주 4·3 70주년을 맞아 '4월엔 동백꽃을 달아주세요' 캠페인에 참여하고 싶다며 주민 센터를 찾았다. 딸아이는 마침 서울에 볼일이 있다며 친구의 몫까지 네다섯 개 챙긴다. 앙증맞게 제작된 동백꽃 배지를 손바닥에 놓고 가만히 들여다본다. 4·3의 상징인 동백, 도드라진 빨간 색 꽃잎과 노란 꽃밥의 선명함이 4·3의 아픔 속에 죽음으로 내몰린 영혼들의 절규 같아 상징이 되었나 보다.

책자와 어른들의 들려주는 이야기를 통해 간접적으로

4·3의 역사를 접해보지만, 모두의 아픔으로 다가올 뿐 명쾌하게 이해하지 못한 머릿속은 실타래처럼 복잡할 뿐이다. 세월이 흘러도 사월이면 찾아드는 아픔, 그들을 치유할 근원은 정녕 없는 것일까.

내친김에 동백꽃을 만나고 싶어 군락지를 찾았다. 쌀쌀함이 채 가시지 않은 날씨지만 하늘은 구름 한 점 없이 청정하다. 혹독한 추위를 이겨낸 동백꽃이 초연하게 피어있다. 붉은 꽃잎에 노란 꽃술을 감싸 안은 모습이 추위와 맞서며 가족을 보호하는 어버이 같다.

동백나무 주변에는 떨어진 꽃송이가 꽃잎도 오므리지 않은 채 통으로 여기저기 떨어져 있어 붉은색이 낭자하다. 골목길, 곶자왈, 계곡 어디서든 친숙하게 만날 수 있는 꽃이지만 군락의 동백은 발품이 있어야 한다. 동백은 척박한 자연환경을 이겨내고 삶을 이어온 강인한 제주 사람을 닮았다고 하지만 어디 제주 사람뿐이랴. 방방곡곡 강인한 백성과도 닮았다.

겨울 추위 속에 초록의 잎사귀와 붉은 꽃을 피운다고 하여 동백, 정약용이 18년 만에 해배되어 고향 집으로 돌아오고 수년 후 다산초당에서 가르치던 제자들이 천 리 길을 걸어 자신을 찾아오자, 대뜸 백련사 가는 길에 동백꽃이 아직도 무성히 자라느냐고 안부를 물었다고 한다. 고달픈 유배 생활에 그것도 겨울에 흐드러지게 피워낸 붉은 꽃을 만났으니 동백꽃과 벗 삼아 지내는 동안 정이 깊었을 것이다.

동백꽃을 담으려고 휴대전화기를 꺼내 가까이 다가가는데 동백 밑 부분에 저장된 만찬을 즐기던 동박새가 인기척에 놀라 다른 곳으로 피신한다. 어쩜, 저리도 귀여울까. 녹색 등, 황금색 목, 흰색 배, 하얀 원이 둘러있는 눈, 그야말로 황금 비율이다. 아름다운 녀석을 코앞에서 만날 수 있다니 반갑기 그지없다. 동백과 밀어를 나누고 있는데 괜한 방해로 머쓱하다. 많은 꽃은 대개 곤충에 의해서 수분 되지만 동백만은 동박새에 의해서 수분이 되는 꽃, 아마 추운 겨울 곤충의 활동이 잠시 숨죽여 있는 시기라 새가 대신하는 모양이다. 창조의 섬세한 섭리가 대단하다. 동백꽃에는 향기가 없다는 정보를 확인하기 위하여 떨어진 동백꽃을 주워 굳이 코에 갔다 댔다. 특별한 향기는 없지만 풀 냄새인 듯 희미하다.

아파트 화단에는 붉은색이며 분홍색을 띤 겹동백이 제법 눈에 띈다. 지나가던 아이들이 겹동백을 보고 "와! 장미꽃이다."라며 감탄한다. 저들 눈에는 장미꽃으로 보였나 보다. 듣고 보니 장미와 비슷하기도 하다. 이도 저도 아닌 겹 동백을 보고 나는 주체성 없는 꽃이라 놀려댄다. 동백은 아무래도 토종 동백이라 불리는 홑꽃이 단연 아름답다.

이제, 그 아픔이 덧나지 않고 아물었으면 좋겠다. 동백에는 슬픔만이 있는 것은 아니다. 동백의 망울진 꽃봉오리는 새 생명의 상징이며 부활의 의미도 담고 있다. 휴대전화기를 꺼내 목을 뒤로 젖히고 한동안 동백꽃을 향해 구애하느라 정신이 없었는데 나무 아래 처연히 떨어진 동백꽃을 밟았다. 냉정한 결별이다. 한곳으로 모았다. 바닥이 온통 붉다. 땅 위에 또 하나의 꽃밭을 만드는데, 한 시인의 노래가 들린다.

동백 한 송이는 가슴에 품어 가시라
다시 올 꽃 한 송이 품어 가시라

-도종환의 〈동백 피는 날〉 중에서

2부

그
숲에 가면

'수레를 멈추고 석양에 비치는

단풍 숲에 앉아보니 서리 맞은 단풍잎이

한창때 봄꽃보다 더욱 붉구나.'

고향 소묘

깊은 산골에 사는 바랑이는 엄마 아빠가 읍내에 일하러 나가면 노루랑 다람쥐, 그리고 참나무, 밤나무와 친구되어 온종일 지낸다. 또한, 개울가에 사는 가재, 소금쟁이, 물방개 모두가 친구다.

어느 날 사냥꾼이 그곳에 찾아와 바랑이에게 노루가 사는 곳을 알려 달라고 하자 처음에는 거절하다가 사냥꾼이 내놓은 빨간 자동차에 유혹되어 노루가 사는 곳을 말해주고 만다.

며칠 후에 어떤 인부들이 찾아와 참나무가 있는 곳을 알려 달라고 한다. 이번에도 망설이다가 파랗고 예쁜 구슬을 보여주자 참나무가 있는 곳을 알려주면서 그 옆에는 밤나무도 많다고 일러버린다. 한동안 골짜기의 친구들을 잊고 지내던 바랑이는 빨간 자동차가 고장이 나고 파란 구슬은 색이 바래고 깨져 버리자 그제야 슬그머니 친구들이 생각나서 달려가 보지만 그곳에는 마구 짓밟혀진 흙더미와 쪼개진 나무 조각들뿐이었다.

바랑이는 눈물을 흘리면서 슬퍼한다. 동화 '빨간 자동차와 파란 유리구슬'이다. 친구들을 잃은 바랑이의 슬픈 마음을 들려주자 눈을 깜박깜박하며 애써 눈물을 감추려는 아이들의 모습이 귀엽다.

고향에 가서 오랜만에 여유를 가졌다.

일이 있을 때마다 늘 바쁘다는 핑계로 훌쩍 와 버리곤 했는데 오늘은 유년 시절 미나리 캐러 다니던 논길을 걸었다. 물이 좋고 벼가 많이 나서 '제일 강정第一江汀'이라 부르는 내 고향이다. 벼를 수확했던 그루터기가 남아 있어야 할 곳은 온통 비닐하우스로 하얀 물결을 이룬다. 더운 여름날 할머니를 도와 논에 들어서 피를 뽑으려면 먼저 거머리가 다리에 붙어 소스라치게 놀라던 일이 스친다.

바다로 향했다. 어느 시인은 제주 바다는 소리쳐 울 때 아름답다고 했다. 소리쳐 울 준비를 하고 있는지 가을 햇살을 받으며 숨죽인 바다는 짙푸른 색깔을 발한다. 바다에 있는 태왁이 보이지 않고 숨비소리가 들리지 않는 걸보니 물때가 되지 않았나 보다.

검은 바위 위에서 대어를 기다리는 낚시꾼들의 여유로움이 간간이 보인다. 바다를 바라보고 있노라니 지붕에 달린 박으로 태왁을 만들고 천으로 만든 소중기를 입고, 여름 방학이면 얕은 바다에서 첨벙거렸던 어린 시절이 그리움으로 달려온다. 바다 동네에서 태어나면 바다 아이가 되고 산동네에서 태어나면 산의 아이가 되어 휘돌아다니며 자랐는데 지금은 마음을 닫아 둔 채 자판기에 몸과 혼을 빼앗겨 버리는 아이들, 이들이 자라면 무엇을 추억하며 살아갈까.

한참을 걸어 포구가 있는 바다 앞까지 왔다. 갑자기 물레방앗간이 생각나서 찾았는데 흔적은 없고 마늘밭이 자리하고 있다. 방앗간 주인이었던 할머니 할아버지의 얼굴이 희미하게 떠오른다. 추운 겨울날 할머니와 볏 자루를 지고 삼십여 분 걸어 방앗간까지 도착하면 반갑게 맞아주었다. 장작으로 땐 아랫목을 내주고 벼가 빻아질 동안 편안하게 쉬라고 한다. 한참 후에 알았지만 경찰 공무원을 지냈던 할아버지가 노후에 소일거리로 그 일을 시작했다고 한다. 시원한 바다를 옆에 끼고 물레방앗간을 운영하시던 노년의 여유로움이 지금에야 이해되는 걸 보면 나도 중년인가 보다.

이왕 나선 김에 강정천으로 발길을 옮겼다. 맑은 물과 은어로 더 많이 알려진 곳이다. 서귀포 시민의 이용하는 수돗물의 70%가 생산되는 곳이기도 하다. 고향을 물어올 때마다 앞에 수식어처럼 힘주어 말하던 강정천이다. 이 마을에서 태어난 사람이면 누구나 이 물속에서 여름을 보냈을 것이다.

초등학교 시절, 학교가 끝나자마자 책가방을 든 채 이 곳에 와서 서투른 헤엄을 뽐내느라 물속에서 허우적거렸던 곳이다. 바위틈에 가방과 옷을 벗어 놓고 한바탕 난리를 치고 나면, 입술이 검붉게 변하면서 위 아랫니가 서로 딱딱 부딪친다. 햇볕에 달구어진 바위를 안아 언 몸을 녹이고 물속에서 해녀 흉내를 냅답시고 물구나무서기를 한다. 해가 지기를 기다리며 몇 번을 물속에 들락거리다가 자갈을 주워 물수제비 놀이에 정신을 쏟는다. 여기저기 점프하는 은어들과 어우러져 물 위에 별을 만든다. 해가 다 넘어갈 즈음 젖은 옷을 입고 벌겋게 탄 얼굴을 하고 집으로 향한다.

추석날, 보름달이 보이기 시작하면 친구들과 동산으로 달려간다. 목이 터지도록 노래를 부르며 달빛에 잠긴 냇물을 바라보며 청소년의 감정을 토해 냈다.

물가에 앉아 물속을 들여다보았다. 손을 담갔다가 차가워 몇 초를 못 참고 금방 꺼냈다. 앞에 보이는 나지막한 동산에는 유명한 콘도가 들어서자 사계절 관광객들로 북적인다. 냇물이 하류 쪽으로 흐르면서 바다로 떨어지는 폭포와 병풍처럼 둘러싸인 바위, 수묵화다. 저 멀리 한라산이 팔 벌려 마을을 품고 있다.

우리 집 울타리를 넘나들 듯 언제나 자유로운 곳이었는데, 지금은 돌로 성을 쌓아 놓은 경계선 때문인지 왠지 내가 이방인이 된 느낌이다. 옆에는 너덜너덜하게 날리는 천 조각과 구부러진 비닐하우스 골격들이 여름에 장사했던 흔적으로 남아 있다.

앉아 있는 시간이 얼마 되지 않았는데 관광객을 실은 버스들이 쉬지 않고 지나간다. 친구의 귀띔에 의하면 외지인들이 강정천과 바다 주변에 땅을 사려고 자주 들른다고 한다. 몇 년 안에 콘크리트 건물들이 들어서지 않을까 조바심이 난다.

'빨간 자동차와 파란 구슬'의 유혹에 넘어가지 않고 이곳을 잘 보존하며 지킬 수 있는 지혜는 없을까.

오늘따라 청동빛처럼 흐르는 냇물이 오랜만에 방문한 고향 손님을 정겹게 맞아준다.

허벅에 대한 추억

언젠가 J일보 '청소년 기자 마당' 지면에서 제주의 여러 문화자산 중 허벅에 관한 기사를 읽게 되었다. 요즘 청소년의 눈에 비친 허벅에 대한 생각이 궁금하기도 하고 내가 초등학교 시절 허벅을 지고 다녔던 기억이 떠올라 천천히 읽어 내려갔다.

질그릇의 대명사인 허벅, 내가 허벅을 지고 물을 길어 나르던 일은 초등학교 3학년쯤으로 기억된다. 어머니의 어린 시절에는 그보다 더 어린 예닐곱 살이 되면 물을 길어 나르는 일을 시작했다고 한다. 물론 여자아이들이 지고 다니는 허벅은 '대바지'라고 해서 어른들이 지고 다니는 허벅보다 작은 도기이다.

새벽부터 밭일을 나가시면서 어머니는 늘 이런 부탁을 했다. "학교 갔다 오면 물 길어다 놓고 놀아라." 가끔 친구들과 정신없이 노느라 물 길어오는 일을 깜빡하는 날에는 어김없이 혼나는 수밖에 없었다. 종일 밭일하고 돌아와 물 항아리 뚜껑을 열었을 때 바닥 들어낸 항아리라니, 어머니는 어이가 없었을 것이다.

아파트 베란다에 돌아가신 친정 할머니가 사용했던 허벅이 있다. 수십 년 된 허벅을 보는 것은 단지 도기를 보는 것이 아니라 그 허벅과 함께 한 어머니와 할머니의 삶이 녹아 있어 그 삶을 기억하는 것이다. 고통을 과장하는 엄살도, 조금 좋다고 호들갑을 떨지 않고 절제의 미덕을 몸소 실천하며 살았던 모습이 허벅에 담겨 있기 때문이다.

어릴 적 기억이다. 품앗이의 하나로 마을에 경조사가 있는 날에는 바쁨을 잠시 멈추고 마을 아낙들은 허벅을 지고 먼 샘물까지 가서 물을 지고 나르는 행렬을 볼 수 있었다. 모든 경조사에 가장 필요한 게 물이었기 때문이다.

손만 뻗으면 물을 쓸 수 있는 요즘 세대들은 전혀 이해하지 못할 풍경이다.

초등학교 시절만 해도 마을 대부분이 초가집이었는데 어느 날 이웃집에 불이 났다. 마을 사람들이 모든 일을 제치고 물 허벅을 등에 지고 숨 가쁘게 달려가던 모습이 생생하다. 사돈이 돌아가셨을 때 허벅에 팥죽을 담아 문상하던 풍습도 지워지지 않는 아름다운 모습이다.

평평한 바닥, 배가 불룩한 동체, 물을 나를 때 고르지 못한 길에서의 흔들림과 바람에 몸이 휘청거려도 물이 넘쳐흐르지 않게 하려는 좁은 부리, 그 모습이 만삭의 어머니 모습과 닮아 푸근함이 감돈다. 허벅을 구워낼 때는 유약이 아닌 '자연요'를 사용했다. 그래서 다른 지역과 차별화된 제주도만의 특징이며 지혜이기도 하다. 그래서 제주도기를 '숨 쉬는 옹기'라고 부른다.

구덕은 어떻고. 참대나 싸리 등으로 튼튼히 엮어 강한 바람에 휘청거릴 위험성을 방지하기 위한 물 허벅과의 최고의 단짝이니 말이다. 거기에 헌 옷을 촘촘하게 누벼 만든 '질베'라고 하는 끈으로 지고 다녔다.

허벅은 제주 여성들의 노동을 상징하는 도구이면서 때론 힘든 생활을 풀어내는 훌륭한 악기가 변신하기도 한다. 마을의 경사가 있을 때 어른들이 모여 앉아 한 손으로는 허벅의 부리를 손바닥으로 덮었다 떼기를 반복한다. 또 한 손으로는 젓가락으로 몸체를 가볍게 두들긴다. 부리에서 나오는 공명과 젓가락이 절묘하게 어우러진 허벅 장단에 여기저기서 노랫가락이 나오고 어깨가 들썩이는 마당이 펼쳐진다.

"아침에 우는 새는 배가 고파 울고요 저녁에 우는 새는 임 그리워 운다…"

유년 시절, 유난히 목소리가 구성진 아랫집 할머니가 생각난다. 제주 민요 가락에 쏟아놓는 그 흥겨움 속에 당신들의 한恨 서린 삶의 무게도 진하게 들어 있다.

청소년 기자의 말대로 "제주 여성들의 고단한 삶을 말해주는 허벅을 포함한 제주 전통문화 자산들이 사라지고 있는 이때 과연 우리가 할 수 있는 일은 무엇일까?"라고 고민한다. 그것은 관심과 책임이라고 해답도 내놓는다. 기특하다.

제주의 여인들과 함께해온 허벅. 그래, 이제 사랑하고 보존하는 것이 다음 세대의 몫으로 남았지만 다행이다. 제주의 문화자산에 관심을 두는 청소년들이 있으니 말이다.

그 항아리

어머니 돌아가신 지 삼 년 되던 해
문득, 그 항아리가 떠올라
한걸음에 친정으로 달려갔습니다.

빈집엔 아직도 어머니의 냄새가 배어있습니다
마당 지기 평상, 화분에 화초, 뒤란에 아궁이와 장독대가
눈을 맞춥니다

창고 구석진 곳에는 항아리 혼자 묵묵히 앉아 있습니다
조심히 뚜껑을 열었습니다
시간 속에 침염된 향이 익어가고 있습니다
아! 진한 향이 사방으로 번집니다
방문 열고 "많이 담아 가거라" 말씀하실 것 같은데
코끝이 시큰거립니다.

어머니 살아계실 때
켜켜이 담아놓은 매실 깜박 잊고 지냈습니다
그 항아리가 향을 품고 있습니다
투박한 색, 투박한 모양 여전합니다
수십 년 한자리에서 어머니의 벗이 되었습니다.

오늘
어머니의 항아리를 만났습니다
시간이 흘렀는데 향은 변함없습니다.

늦은 깨달음

봄부터 한 번 만나자던 후배와의 약속이 겨울까지 오고 말았다.

삶에 대한 대단한 프로젝트를 기획하며 사는 것도 아닌데 서로가 바쁘다는 소리를 입에 달고 살다 보니 개학을 앞두고 겨울방학 끝자락에 와서야 겨우 시간을 냈다. 언제 만나도 무장해제를 할 수 있는 공감대가 있어서 편하다.

세월의 흐름에 어쩔 수 없이 몸으로 나타나는 여러 가지 증상들, 돌아서면 잊어버리는 답답함, 나이가 들면서 찾아오는 증상에 대하여 한참을 주고받는데 그녀가 뜬금없는 말을 내뱉는다. 무엇을 봐도 누구를 만나도 의욕이나 감동이 없는 건조해진 자신을 본다고 말이다.

매사 열정적이고 바지런한 성향이지만 심각하게 말하는 모습에 당황하였다. 감동과 의욕이 없는 생활, 가만히 듣고 보니 내가 그 자리에 와있다. 품 안에 있던 자녀들이 어느새 자기의 일에 열중하고 남편의 간섭 울타리에서 벗어났는데도 정작 내 영혼은 무엇인가에 가두어 있는 듯 허허롭다. 우주를 빚어놓고 '보시기에 좋았더라.' 하는 창조주의 말씀을 읽어도 마음을 뒤흔드는 반응이 없으니 중증으로 다가가는 것은 아닌지 싶다.

후배와 헤어져 오는 길에 복잡한 마음을 덜어내려고 걸었다. 하늘의 모습이라도 시원스레 펼쳐져 있었으면 좋으련만 오늘따라 매지구름으로 덮여있다. 자기의 색깔을 가지고 찾아오는 계절을 맞이할 때마다 감동과 설렘이 있었고 거기에 취해 몸과 마음을 맡겼던 시절이 있었는데…. 교만함일까.

걷고 또 걸었다. 구름 위해 빛을 받는 궁창이 있음을 깜박했다. 매일 눈을 뜨고 우주 안에 있는 것이 기적임을 잊고, 삶의 거창함과 의미가 있어야 한다는 생각을 가졌던 것일까. 한참을 걸었더니 온몸에 땀이 흐른다.

텃밭에서 일하는 노부부의 바삐 움직이는 손길에 눈길이 머문다. 겨울 동안 눈을 맞고 찬바람을 견디어 풋풋한 채소를 캐내 다듬고 흙을 고르는 모습이 편안해 보인다.

오랜만에 찬찬히 흙을 본다. 그러고 보니 겸손은 라틴어로 흙을 뜻하는 '휴무스(humus)'에서 유래된 말로 영어로는 휴밀리티(humility)이다. 저 흙은 생명을 틔우고 자라게 하지만 뽐내거나 자랑하지 않는다. 어디 그뿐이랴, 생을 다하고 흙으로 돌아가는 모든 생명을 말없이 품고 있지 않은가.

오랜만에 어린아이처럼 흙을 만져보았다. 보드랍다.

감동은 지척에 있음을 잠시 잊고 있었다. 겸손한 마음으로 사물에 귀를 대면 우주의 생명의 소리를 들을 수 있고 볼 수 있음이 감동인데 본질을 놓치고 형상을 쫓아 바삐 가고 있는 게다.

이 겨울, 텃밭에서 자란 채소를 식탁에 올려놓고 마주한 노부부도 소박한 감동과 행복을 나누고 있겠지. 다가오는 봄, 저 흙 속에서 또 어떤 싹을 틔워낼지 궁금하다. 봄바람이 창문을 두드리면 또 한 번 흙 만지러 나오리라.

예순이 되면

우연히 텔레비전 채널을 돌리다가 기독교 방송에서 어느 목사님의 노래하는 모습을 보게 되었습니다. 자막으로 나오는 가사에 끌려 채널을 고정했습니다.

지금은 잘 못 하지만
내 마음 더 커진다면
그때쯤엔 좀 더
잘할 수 있을 거야
날 찾아온 사람 격려하기

- 중략 -

좌절한 사람 희망주기
죽이는 말보다 살리는 말하기

가장 소중한 것을 남에게 주기
미워했던 사람을 사랑하기

　노래 제목이 '예순이 되면'입니다. 저도 예순이 되려면
몇 년 남아 있습니다. 멀리 있는 것 같지만 지금의 체감
속도라면 그 시기가 금방 올 것 같습니다. 인생은 60부터
라는 말이 있습니다. 나이 예순에 생각하는 모든 것이 원
만하여 무슨 일이든 들으면 곧 이해가 된다는 뜻입니다.
그래서 60세 되는 사람을 보고 비로소 '철들었다'고 말할
수가 있다고 하니 아직 예순이 안 된 저에게 조금은 핑계
가 됩니다.
　지난주, 목욕탕 안에서 예순 안팎으로 보이는 두 아주
머니의 대화를 듣게 되었습니다. 아마도 지인의 경조사
에서 받은 답례품이 생각보다 맘에 들지 않았는지 한참
동안 흉을 보더니, 그 가정 전체로 확장되어 끝없이 이어
지는 험담이 옆에서 듣기가 민망하여 다른 곳으로 자리
를 옮겼습니다. 여러 사람이 사용하는 목욕탕에서 옆에
사람을 의식하지 않은 채, 높은 소리로 이야기하는 모습
도 부담스러운데 험담까지 듣게 되어 목욕하고 나왔는데
도 영 상쾌하지 않았습니다.
　그러고 보니 '사람은 세상에 태어날 때 입안에 무서운
도끼를 물고 있어서 입안의 그 무서운 도끼로 자신을 찍

어댈 뿐만 아니라 세상을 더럽힌다.'라는 말이 있습니다. 입안에서 뿜어져 나오는 말이 문제입니다.

도끼는 늘 시퍼렇게 날이 서 있어야 제격이지만 그 시퍼런 도끼를 정말 잘 써야 합니다. 잘 쓰면 예술이지만 잘못 쓰면 흉기가 되기 때문입니다.

'입을 지키는 자는 자기의 생명을 보전하나 입술을 크게 벌리는 자에게 멸망이 오느니라. 칼로 찌름같이 함부로 말하는 자가 있거니와 지혜로운 자의 혀는 양약과 같으니라.

말에 대한 묵상과 깨우침은 곳곳에서 수없이 대면하지만, 머릿속에서 쳇바퀴처럼 돌아 무수한 먼지만 날립니다. 침묵이라도 하면 좋으련만 혀끝에서는 단물보다 쓴물이 먼저 나오려고 합니다. 무엇이 옳은지 알면서도 그것을 실천하지 못하는 결함투성이 신세로 살아가고 있습니다. 이제부터 단단히 마음먹고 준비해야 하겠습니다. 침묵과 고요의 시간도 일부러 마련해야 하겠습니다. 농익은 '예순'을 위해서 말입니다.

말은 존재의 집이라고 하지요. 말 속에 사람이 있어 말이 나를 지나다니다가 쌓인 자국이 인격이랍니다. 좋은 친구 좋은 동료는 내 입이 만든답니다.

말은 마음의 초상이다. J.레이의 충고를 새겨 볼 일입니다. 철든 예순을 소망하며 진중한 사람으로 나이 들고 싶습니다.

닮고 싶은 사람

살면서 닮고 싶은 사람이 있습니다.

늘 덜렁대는 나로서는 차분하고 꼼꼼한 성향이 있는 사람을 보면 닮고 싶어집니다. 손재주가 없어서 그런지 손을 이용해서 근사한 작품을 만들어 내는 이들과 맛깔스럽고 정갈한 음식을 잘하는 사람을 보면 또 닮고 싶어집니다. 그러고 보니 딱 부러지게 잘할 수 있는 게 하나도 없습니다.

토요일이네요.

오랜만에 시장에 들러 반찬거리를 이것저것 주워 담았습니다. 요 며칠 동안 바쁘다는 핑계로 반찬을 성의 없이 대충하고 넘긴 터라, 식구들에게 미안함이 있어 부엌에서 시간을 보내기로 마음먹었습니다. 몇 가지 나물을 다듬어 무침하고 고기를 손질하여 조림하고, 양념 된장 한 통을 만들고 나니 두어 시간이 걸렸습니다. 아직은 이른 저녁 시간이라 식구들이 모이려면 한참 기다려야 될 것 같습니다. 온 집안이 음식 냄새로 가득합니다.

식구들을 기다리며 식탁에 앉아 마태복음을 펼쳤습니다.

'목숨을 위하여 무엇을 먹을까 마실까 몸을 위하여 무엇을 입을까 염려하지 말라

목숨이 음식보다 중하지 아니하며 몸의 의복보다 중하지 아니하여 공중의 새를 보라 심지도 않고 거두지도 않고 창고에 모아들이지 아니하되…'

느긋한 달콤함이 있어서 그런지 몇 장 읽고 나니 눈꺼풀이 아래로 내려옵니다. 무엇을 먹을지 무엇을 입을지 육신의 삶을 위하여 살아가는 처지가 한심해 보입니다. 늘 염려로 헛된 시름에 잠깁니다.

갑자기 타샤 튜더의 말이 생각납니다.

"요즘은 사람들이 너무 정신없이 산다. 카모일차를 마시고 저녁 현관 앞에 앉아 개똥지빠귀의 고운 노래를 듣는다면 한결 인생을 즐기게 될 텐데…"

다림질, 설거지 요리 같은 집안일을 좋아해서 잼을 저

으면서도 셰익스피어를 읽는 그녀의 여유로움이 부럽습니다. 그녀처럼 30만 평이나 되는 단지에 일 년 내내 꽃이 지지 않는 비밀의 화원은 갖지 못하지만, 텃밭 몇 평만 마련할 수 있으면 좋겠습니다. 철 따라 각종 채소를 가꾸어 푸성귀는 이웃과 나누고 잘 자란 배추로 김장하고 해묵은 김치를 넣은 찌개를 끓여 놓고 허물없는 친구와 세상사 이야기를 나누며 그들의 이야기에 귀 기울이고 싶습니다. 자연을 존중하며 그 혜택에 감사를 잊지 않는 그녀처럼, 한가로이 들길을 걷다가 작은 들꽃이라도 만나면 허리를 굽혀 인사 건네며 자연 앞에 겸손함을 배우고 싶습니다.

따뜻한 날 오일장에 들러 이제 막 온실에서 세상 밖으로 나온 식물을 골라 베란다로 옮기고 그들에게 아주 천천히 꽃을 피우라고 이야기할 것입니다.

애프터 티를 즐기려고 떼어 둔 시간보다 즐거울 때는 없지요. 타샤 튜터의 여유로운 노래입니다. 나를 위한 시간을 따로 떼어 놓아 고요한 감사의 시간을 갖겠습니다. 동화보다 더 동화처럼 사는 할머니 타샤 튜터처럼 그녀의 삶을 닮고 싶어집니다. 아주 간절히 말입니다.

백년의 신화

후배하고 비행기를 탔다. 가끔 일간지에 전시회가 소개될 때마다 변방에 서 있음을 실감하며 몸살을 앓았다. 그 몸살이 훌쩍 떠나게 했다.

국립현대미술관이 있는 덕수궁 안으로 들어섰다. 총총 열매를 매달고 있는 은행나무가 그늘을 만들어 반겨준다. 멀리 '이중섭 100주년 신화'라고 쓴 대형 포스터가 보이자 걸음을 재촉했다. 전시실 안으로 들어서니 담배를 손가락 사이에 낀 흑백 대형 초상화가 관람객을 맞이한다. 그에게 가벼운 눈 맞춤을 하고 사람들의 모여 있는 곳으로 고개를 돌리자 큐레이터가 그림에 대한 설명을 막 시작하려는 순간이다. 어쩜 이렇게 시간을 잘 맞추었나 싶었다.

일본 유학 시절, 야마모토 마사코 대한 구애의 엽서가 빼곡하게 모여 있는 전시실, 그림 속 고백이 시간이 지날

수록 아담과 이브에 가깝다. 사랑을 나누는 모습이 과감하고 애절하다. 영혼을 바쳐 사랑을 구애한 절절함이 한 뼘 되는 엽서에 응축되어 있다.

'두 아이'와 '구상이네 가족'이 조명을 받아 은은하게 빛을 낸다. 포옹하고 있는 두 아이의 모습이 서귀포에서 행복했던 추억을 담고 있다. 내 고향과 가까운 서귀포에서 삶을 추억하고 있어 눈길이 오래 머문다. 전쟁과 가난, 피란, 질병으로 점철된 참혹한 현실 앞에서 가족을 향한 그리움이 그의 삶을 지탱하는 구원자가 되었는지도 모른다.

편지 속 장면이다. 언젠가 그가 두 아들에게 쓴 편지를 읽은 적이 있다.

"아빠는 오늘 종이가 떨어져서 한 장만 써서 보낸다. 태현이와 태성이 둘이서 함께 보아라. 이다음에 재미있는 그림을 한 장씩 그려서 편지와 함께 보내주겠다.

둘이서 사이좋게 기다리라. 아빠가 가면 자전거 사줄게."

두 아들에게 자전거를 사주겠다고 약속했지만 결국 지키지 못했다. 구상이네 가족을 바라보는 그의 표정이 애잔하다. 가족에 대한 목마름이 있지만 절제된 내면의 모습이 보인다. 피할 수 없는 가난으로 가족과 헤어져 살아갈 수밖에 없는 현실을 받아들인 것일까. 그래서 그의 소망은 더 간절하다.

'길 떠나는 가족'이 소달구지에 가족을 태우고 아빠가 앞에서 황소를 끌고 있다. 한껏 흥이 나 있다. 황소 등에 꽃목걸이를 걸어주고 아들 손에도 한 아름 꽃이 들려 있다. 달구지에 앉아 있는 그의 아내가 가슴을 내놓고 행복함을 감추지 못한다. 오늘 만나고 싶었던 그림 중 하나다. 가족과 함께 어디로 가고 있는 걸까. 아내와 두 아들을 만날 수만 있다면 그곳이 어디든 떠나고 싶었을 것이다.

한국전쟁 중이던 시기에 아내와 두 아들을 일본에 보내놓고 혼자 고단했던 삶이 치열하게 작품에 몰두했을 것 같다. 가족에 대한 그리운 아픔은 수많은 편지마다 춤을 추며 가족을 향한 그림으로 채워져 있다.

'나의 귀여운, 나의 기쁨의 샘' '가장 아름다운 나의 아내' '소중한 나의 남덕군' 아내를 지칭하는 애칭이 여럿이다. 편지지에 글을 쓰고 남은 귀퉁이까지 그림으로 절절하게 사랑을 표현한 손톱만 한 스케치가 마음 시리게 한다.

가족 사랑으로 펼쳐진 그림을 뒤로하고 그의 초상화 앞에 섰다. 작별 인사를 나누었다. 저 눈빛, 예술과 가난한 현실 앞에 속내를 드러내지 않은 채 덤덤하게 맞서고 있다.

돌아오는 비행기 안에서 깜박 잠이 들었다. 아이들이 바닷가로 달리기를 한다. 꿈이다. 주머니 속에 꾸겨진 입장표를 가만히 꺼냈다. 바닷가서 아이들이 놀고 있다.

두물머리에서

겨울이 속도를 낸다.

차창 밖으로 스치는 나무들이 겨울 속으로 들어갈 채비를 하며 가지를 드러냈다. 언젠가 그곳에 가 볼 수 있겠지. 늘 속으로 생각했는데 드디어 마주하게 되었다.

벌써 10년 전에 농가 한 채를 사놓고 2년 전부터는 부모를 그리로 모시고 있다는 두물머리 골짜기로 들어서는 순간, 나는 해일이 참 눈이 밝은 사람이구나, 싶었다. 좁은 길 굽이굽이 들어가는데 양옆으로 전답이 별로 없었다. 전답의 넓이는 농가의 규모와 밀접한 관계가 있는 법인데 과연 군데군데 눈에 띄는 농가는 초라하기 그지없었다.

몇 년 전 이윤기 소설 『두물머리』를 읽고 이곳에 대한 은근한 그리움을 안고 지냈는데 오늘 드디어 방문객이 되었다. 차에서 내리는데 유유히 흐르는 강물이 우리의 눈을 사로잡는다. 윤슬이 아름답다. 늘 바다에 익숙해져 있는 일행들은 사방으로 둘러싼 산과 강물이 손잡고 있는 낯선 풍광에 넋을 놓는다.

두물머리, 북한강과 남한강 줄기가 만나는 곳, 한강이 시작되는 곳이기도 하다. 서울로 오가던 사람들이 주막에서 목을 축이고, 냇물을 건너 말에 죽을 먹이며 잠시 쉬어가던 곳으로 예전에는 말죽거리라고도 불렀다고 한다.

잎은 떨구었지만, 세월만큼 가지를 뻗치고 있는 고목이 들어온다. 느티나무다. 한여름 초록의 옷을 입었을 때 그 모습이 가히 짐작된다. 400여 년 동안 희노애락의 사연을 간직한 채 침묵으로 쉼터의 자리를 내준 위용이 예사롭지 않다. 계절에 몸을 맡겨 잎을 내고 잎을 떨구고 또 봄을 기다린다. 비바람과 폭풍, 뜨거운 태양을 이겨낸 인고의 수령만큼이나 그 풍채가 넉넉하다.

강물은 계곡을 지나 유유히 아래로 흐른다. 많은 사연을 싣고 오갔을 강물은 세월을 순환하며 흐르고 또 흐른다. 두 강물이 합치되 부딪치지 않고 내 것 네 것 없이 하나 됨을 이룬다. 강물 옆에 세워져 있는 너른 바위에는 재구성한 조선의 화가 겸재 정선의 그림 〈독백탄〉이다.

18세기 두물머리 풍경이 동판에 희미하게 남아 있다. 황포 돛대가 정겹다. 원본 그림이 간송 미술관에 보관되어 있다고 하니 언젠가 그곳에 갈 핑계 하나 얻었다. 그림 옆에는 '북한강과 남한강이 물머리를 맞대는 가운데 강줄기를 갈라놓는 긴 섬 위로 수종사가 자리한 운길산이 보입니다.'라는 설명이 있다.

두물머리 지리에 익숙하게 보이는 내외가 주고받는 말에 귀동냥한다. 화폭 오른쪽에 보이는 절은 운길산 수종사이고 왼쪽에 보이는 마을은 다산 정약용이 태어난 마재라고 한다. 정약용의 고향이라는 말에 귀가 열린다. 유배 시절 수많은 저술을 쌓은 정약용을 기억하지만, 갑자기 쓸쓸한 기억 한 조각 떠오른다. 끔찍했던 천주교 박해 시대, 매부 이승훈과 함께 형틀에 묶인 채 서로를 저주하며 울부짖으며 밀고하지만 결국, 적극적인 배교로 살아남은 정약용이다. 그들의 젊은 날은 모두 총명하여 서학을 통해 평등과 신세계를 향해 가족과 동지로 어깨를 마주하며 지냈던 사이가 아닌가. 강물이 침묵으로 흐른다.

주변을 산책하고 돌아와 보니 겨울 해가 빠르게 서쪽으로 향한다. 따뜻한 차 한 잔이 여행의 휴식을 더 해준다. 통유리창으로 만나는 바깥 풍경이 운치를 더한다. 액자 조형물 앞에 사람들이 줄을 섰다. 산과 강물이 이미 배경으로 펼쳐있고 흘러가던 구름 한 조각이 액자 속으로 들어간다. 순간을 놓치지 않으려 셔터를 눌러댄다. 순간이란 잡을 수도 있고 놓칠 수도 있는 짧은 선택, 지나고 나서야 깨닫게 되는 삶의 마디마디에 걸쳐있다.

노을이 투영되어 강물 가운데 붉은 카펫을 깔았다. 놓칠뻔한 짧은 순간을 잡았다. 겨울 노을빛이 곱다.

버림의 용기

우연히 오래전에 같이 근무했던 선생님의 글을 읽게 되었다.

글의 내용은 이랬다. 40여 년 전 어려운 살림에 산 가구가 있는데 바로 서가다. 문학, 과학, 역사, 철학, 교육 서적 등 세상에 이치를 품어 안은 서가는 집 안의 품위를 지켜주었다. 또한, 집에 찾아오는 손님들이 부러운 눈길을 보내기도 했다. 그런데 오랫동안 동고동락했던 그 서가를 버린다. 꼭 필요한 것만 가질 수 있는 용기의 필요성을 강조한다. 삶을 지탱했던 욕망의 가지들을 솎아냄으로 영혼의 자유로움을 소망한다. 엊그제 나도 선생님과 똑같은 일을 치렀다.

40여 년 전 일이다. 첫 월급을 받고 맞춤 가구공장으로 향했다. 수십 번 그렸다 지웠다 반복한 설계도를 직원에게 내밀었다. 직원은 생각보다 비싼 가격을 제시했지만 흔쾌히 흥정했다. 책의 크기에 따라 꽂을 공간을 달리하고 소품을 넣을 서랍도 주문했다. 두 개의 쌍둥이 서가를 나란히 방으로 들이던 날, 그 행복했던 황홀감은 아직도 잊을 수 없다.

한쪽 구석에 쌓아 놓은 책들을 서가로 옮기고 채우기 시작했다. 월부로 산 전집이며 교육 관련 전문서적들과 문학 서적들로 채워졌다. 한쪽에 차지한 강성強性의 책으로 인해 한때 매사 송곳 같은 시선으로 세상을 바라보기도 했다. 그때는 그게 지성인 줄 착각했다. 균형과 분별이 턱없이 모자랐던 젊음의 시기다. 벽에 가만히 기대어 앉아 서가에 꽂혀있는 책들을 바라보고 있어도 배부른 시절이었다.

내 은근한 자랑에 친구들이 맞춤 서가를 구경하러 일부러 방문하기도 했다.

결혼하면서 제일 먼저 녀석을 챙겼다. 그동안 네 번의 이사를 하느라 모서리에 흠집 나고 색 바랬지만 오래된 중후함이 외려 품위가 있어 보인다. 다른 소품은 버릴지라도 내 첫 월급으로 산 서가임을 강조하며 자녀에게 대물림해야겠다는 생각을 했다.

책들을 꺼내어 분류하고 묶었다. 이곳으로 이사 와서 한 번도 손대지 않았던 책들이 폴폴 먼지를 날린다. 청년 시절 끼고 살았던 함석헌 선생의 '생각하는 백성이라야 산다'를 꺼내자 누렇게 변색한 책장이며 작은 글씨가 다시 읽어 볼 엄두가 나지 않는다. 버릴 곳으로 분류했다. 김동길 선생의 '한국 청년에게 고함'이며 현기영 선생의 초판 '순이 삼촌'을 꺼냈더니 그도 매한가지다. 교육학 서적을 한 권씩 꺼내 펼쳐 봤지만 낡은 이론에 불과하다. 결국, 수백 권을 나일론 끈으로 십자형 포장을 하고 폐휴지로 넘긴다.

서랍을 열었다. 편지 봉투를 보자 웃음이 난다. 남편과 그리 길지 않은 1년여 동안 만남의 시간을 가지며 주고받은 연애편지 몇 장이 보물처럼 숨어있지 않은가. 30년 넘은 세월에 글씨는 불변이나 내용을 훑어보니 낯간지럽다. 그땐 영혼을 담아 쓴 사랑 고백이었는데….

아파트 마당에 대형폐기물 차가 도착했다. '대형폐기물 신고필증'을 붙이고 며칠간 대기하고 있었다. 차에서 내린 건장한 남자 셋이서 서가를 들고 차 위로 던진다. 40여 년 전 내방으로 들일 때와는 사뭇 다른 대우다. 차 위로 냅다 던져지는 서가를 베란다에서 바라보았다. 마음이 씁쓸하다.

삶의 마지막은 결국 소유하고 있었던 것과의 결별이다. 조금 먼저 보냈을 뿐이다. 자유로운 영혼을 위해, 소유한 것에 대한 솎아내는 연습이 필요한 때다.

이젠 옷장으로 눈을 돌려봐야겠다.

그 숲에 가면

아침부터 지인이 카톡으로 사진을 보내온다. 경기도 일대 볼일이 있었나 보다. 가을 산이 말 그대로 만산홍엽이다.

일교차가 뚜렷한 지역이고 보니 나뭇잎 색깔이 선명하여 사진으로 봐도 저절로 감탄이 나온다. 매년 저 화려함을 마주하는데도 신비롭다. 그 더위에 끄떡도 안 할 것 같던 진초록이 가을이 다가와서 슬쩍 손 내미니 삽시간 불꽃놀이에 정신이 없다. 서서히 느린 춤사위로 시작해서 어느 시점이 되면 휘모리장단에 맞춰 열정의 춤사위로 넘어간다. 그 속도가 생각보다 빠르다. 다른 일에 한눈팔거나 뜸을 들이다간 아쉬움과 마주해야 한다.

사진 속 단풍이 배낭을 끌어당긴다. 시내를 벗어나 가까운 자연휴양림으로 향했다. 숲 터널에 들어섰다. 평일이라 사람이 뜸하다. 이끼로 뒤덮인 초록 돌들이 오솔길과 숲의 경계선을 이룬다. 한적한 분위기는 오로지 나를 위한 축하 사열이다. 그 옆에 오랜 시간 지구와 함께해 온 고사리가 줄지어 있다. 내가 좋아하는 고사리다. 반가 워 허리를 굽히고 눈을 맞춘다. 빛의 부족은 모든 식물에 치명적인 요소지만 고사리는 악조건에서도 잘 이겨내기 때문이다.

초임 시절, 근무했던 교실이 생각난다. 장학지도 일정 이 다가오는데 교실 환경이 썩 좋지 않았다. 낡은 교실인 데 어두운 분위기가 꾸민다 해도 티가 나질 않았다. 하루 는 길을 걷는데 화원 앞에 초록 잎 화분이 눈에 띄었다. 고사리였다. 그것도 공중에 매단 채 잎사귀가 사방으로 뻗어있는 시원스러운 모습이 발길을 멈추게 했다. 고사 리 화분 두 개를 사고 와서 교실 중간쯤 모빌처럼 매달아 놓으니 교실 분위기가 달라졌다.

그 후부터 고사리와 상득한 사이가 되었다. 고사리는 진화된 다른 식물과 달리 씨를 맺지도 꽃을 피우지 않지 만, 잎 뒷면에 있는 생식 기간을 통해 포자를 만들어 번 식한다고 한다. 건조한 사막은 물론 바위틈, 들판, 심지어 물속에서도 강인한 생명력을 지닌 녀석이다. 고사리와 한참 동안 벗하느라 하마터면 지나칠 뻔했다. 땅 위로 한 뼘 자란 잔대가 가을볕에 빛난다. 고즈넉한 숲속에 보라 색이 그윽하다.

숲 안쪽으로 들어갔다. 나무와 나무 사이 그 간격과 간격이 모여 울울창창 숲을 이룬다는 것을 숲에 들어가 보고서야 알았다는 시인의 고백과 마주하고 있음이다. 볼품없어 보이는 나무, 한 아름의 나무, 여러 잡목이 어울려 숲을 이루고 있다. 세상 어디에나 다름과 차이가 존재한다. 저마다 모양도 색깔도 자라는 속도도 다르지만 뽐내거나 누구에게 호령하는 이 없이 숲은 서로서로 마주한 채 살아가고 있다.

누군가 허리를 굽힌 채 뭔가 열심이다. 가까이 가보니 카메라 삼각대를 세워 놓고 렌즈를 조절하며 숲의 풍경을 담는다. 인사를 건넸더니 사진작가라고 한다. 스마트폰을 꺼내어 사진작가를 따라 숲의 풍경을 조준했다. 나무와 나무 사이로 들어온 햇빛에 나뭇잎이 반짝인다. 붉고 노란 잎들이 스마트폰 안으로 들어온다.

가만, 저 붉은 잎과 노란 잎이 겨울나기를 준비하는 신호라지. 가을이 되면 나뭇잎으로 가는 물과 영양분이 줄어 햇빛에 엽록소가 파괴되면서 결국 나뭇잎의 녹색은 점차 사라지고 녹색의 엽록소 때문에 감춰있던 다른 색의 색소가 두드러져 본연의 나뭇잎의 색깔이 나타나는 현상이지. 붉은색 안토시안, 노란색의 카로틴이라지. 그렇다면 내가 쇠잔해지고 위선을 걷어내어 죽음을 앞두고 있을 때 내게 마지막 남아 있는 본연의 색이 궁금하지만 두렵다.

까마귀 소리가 고요한 사위를 흔든다. 햇볕을 받은 나뭇잎이 자기 색으로 치열하게 변신하는 중이다. 그래, 오늘은 시인 두보가 되어 눈에 들어오는 저 화려함을 맘껏 즐기고 가자.

'수레를 멈추고 석양에 비치는 단풍 섶에 앉아보니 서리 맞은 단풍잎이 한창때 봄꽃보다 더욱 붉구나.'

안녕

한 일간지를 읽다가 눈에 띄는 기사가 있다. 한국어와 한국 문화를 세계에 알리기 위해 외국에 설립한 문화체육관광부 산하 공공기관이 세종학당이다. 이곳에서 뽑은 아름다운 우리말 100개가 선정되어 있다. 호기심이 생겼다.

별, 눈, 사랑, 따뜻한, 괜찮아, 아름답다, 하늘, 안녕, 빛, 봄, 그립다, 민들레, 소나기, 무지개…. 등 선정된 우리말을 들여다보며 하나하나 소리 내어 읽어보았다. 내가 읽어도 새삼 아름답다는 생각이 든다.

그들에게 가장 아름다운 한국어는 '사랑'이었다. 한국어로 발음했을 때 소리가 우아하고 섬세하며, 사람과 사랑이 한 글자 차이로 비슷하게 생겼다, 사람은 사랑을 위한 존재다 등의 이유가 있다.

한국어 교육 전공인 교수의 해석에 따르면 음성적으로 ㄱ, ㄷ 같은 막힌 소리보다 ㄹ, ㅇ, 같은 울림소리가 듣기 좋다고 한다. 그래서 삶, 서로, 설레다처럼 ㅅ과 ㄹ이 들어가는 말에 아름다운 말이 많다고 한다.

간음한 여인을 끌고 와서 가운데 세우고 기세등등하게 말하는 자들에게 몸을 굽혀 너희 중에 죄 없는 자가 먼저 돌로 치라고 손가락으로 땅에 쓰자 사람들이 사라지고 둘만이 남아 있는 공간, 지그시 바라보며 다시는 죄를 범하지 말라 말씀하시는 그 긍휼한 눈빛이 바로 사랑이었으리라.

사랑은 모든 허물을 덮는다고 하지 않는가. 천사의 말을 한다 해도 모든 비밀과 지식을 알아도, 내게 있는 모든 것으로 구제해도 그 안에 사랑을 담으라 한다. 그뿐이랴. 오래 참아야 하고, 온유해야 하며, 시기하지 않아야 한다고 한다. 거기에 자랑도 교만도 하지 말아야 사랑이라 하니, 요구하는 조건이 너무 과해 호흡 있는 동안 흉내라도 낼 수 있을지 모르겠다. 하지만 영혼을 소생케 하는 힘, '사랑'이라는 것은 틀림없다.

사랑에 이어 두 번째가 눈에 들어온다. '안녕'이란 단어다. 만나거나 헤어질 때 나누는 인사말인 안녕도 이들에겐 아름답게 들렸다. 아파트에서 마주치는 유치원생이나 초등학교 어린이를 만나면 나도 안녕하고 인사를 건넨다. 그들이 먼저 안녕하세요, 인사를 하면 답례로 안녕이라고 할 때도 있지만 때론 장난기 섞인 표정으로 내가 먼저 인사를 한다. 짧은 단어가 기분 좋게 한다.

아파트 입구에 청소년 대여섯 명이 농구공을 바닥에 탕탕 치면서 들어온다. 얼굴에 땀이 송골송골 맺힌 걸 보니 아파트 뒤편 공원에서 운동한 모양이다. 한바탕 운동하고 걸어오는 모습이 몸과 마음이 건강하게 보인다. 이들이 안녕, 하면서 헤어진다. 목소리마다 약간씩 변성기가 섞여 있지만 경쾌하게 들린다. 안녕이라는 말에는 내일 다시 만나자, 라는 약속이 들어있어 마주 보는 눈빛이 따뜻하다.

그러고 보니 나도 30여 년 넘게 안녕이라는 단어를 사용했다. 잊고 있던 기억이 새롭게 살아난다. 매일 아침 교실에 들어서는 아이들을 맞이하며, 일과를 마치고 집으로 돌아갈 때 건넸던 인사말이다, 내 평소 목소리에 약간 톤을 높여 안녕이라고 한다. 오늘 하루 즐겁게 지내자, 내일 건강한 모습으로 만나자를 굳이 하지 않아도 된다. 눈을 마주하며 마음을 나누는 인사다.

아파트 같은 동에 사는 명랑한 남자아이와 여자아이의 얼굴 본 지 조금 오래된 것 같다. 서로 마주치면 반갑게 인사를 나누는 사이다. 학교를 마치고 태권도 학원에서 운동한 후 태권도복을 입은 채 씩씩 귀가하는 모습을 본다. 다음에 그들이 노란 차에서 내릴 때 얼른 다가가 반

갑고 경쾌하게 인사를 건네야지. 목소리 톤을 한껏 높여
안녕?

무화과나무의 비유

동네 상가 모퉁이에 늘 마주치는 모습이 있다.

서너 명의 앉아있는 할머니 앞에는 상추며 마늘, 호박 등 푸성귀를 진열한 그것들이다. 눈이나 비가 오는 날을 제외하고는 매일 만날 수 있는 광경이다.

내리쬐는 햇볕을 손등으로 가려 재촉하듯 걷고 있는데 한 할머니 좌판에 눈길이 머문다. 조그마한 플라스틱 바구니에 소복이 담겨 있는 게 익숙하다 싶어 가까이 보니 무화과였다. 검붉게 익은 무화과가 보기만 해도 먹음직스럽다.

몇 년 전 일이다. 교실 뒤편에 여러 그루의 무화과나무가 있다. 열매가 익어갈 즈음이면 유리창 문틈에 올라서서 까치발을 하고 작대기를 휘둘러 무화과를 딴다. 그 모습을 바라보던 아이들이 모여들기 시작한다. 한 개씩 받아들고는 잠시 주저하다가 한 입 깨문다. 얼굴을 찌푸리는 녀석, 맛없다고 툴툴거리는 녀석들의 표정이 웃음 짓게 한다. 달달한 맛에 익숙해져 있는 아이들의 입맛에 맞을 리 없다.

꽃이 없는 과일 무화과, 동그란 무화과 안에 총총히 박혀 있는 가느다란 실 같은 줄기가 꽃이다. 이 꽃은 두툼한 꽃이삭이 싸고 있는 것인데 우리는 과일이라 생각하고 먹는다. 잘 익은 녀석을 골라 한 입 베어 물었을 때의 그 맛, 진한 향은 아니지만 달착지근한 씹힘이 질리지 않게 한다.

그러고 보니 성경에서도 무화과나무에 대한 비유를 만난다.

이튿날 그들이 베다니에서 나왔을 때 예수께서 시장하신지라 멀리서 잎사귀 있는 한 무화과나무를 보시고 혹 그 나무에 무엇이 있을까 하여 가셨더니 가서 보신즉 잎사귀 외에 아무것도 없더라. 이는 무화과의 때가 아님이라 예수께서 나무에게 말씀하여 이르시되 이제부터 영원토록 사람이 네게서 열매를 따 먹지 못하리라 하시니 제자들이 이를 듣더라.

참 이상하다. 왜 무화과나무를 저주했을까. 때가 아니니까 열매를 맺지 못한 것이 당연한 게 아닌가. 어딘가 숨겨 있는 뜻을 이해하지 못해 궁금하게 지내던 참이었다.

어느 날, 이스라엘에서 10여 년간 생활하면서 그곳 기후와 성서 시대의 문화 배경을 생생하게 소개한 책과 마주하며 그 숨은 뜻을 이해하게 되었다. 무화과나무는 4월부터 10월까지 다섯 번 열매를 맺는다고 한다. 여름이 시작될 즈음 작은 잎사귀에서 첫 번째로 나오는 무화과를 '파게'라고 했다. 이후에 커다란 잎과 함께 맺히는 상품성이 있는 무화과 '테에나'를 위해 파게는 일일이 따주어야 한다. 주인은 일일이 파게를 따는 수고 대신 행인들에게 공짜로 따 먹도록 하고 인심을 얻게 된다.

성서 시대 이스라엘 국민의 90% 이상은 가난한 소작농이었다. 겨울을 지내는 동안 단 열매에 굶주린 이들에게 공짜로 얻는 파게는 고마운 선물인 셈이다. 그러고 보니 잎만 무성하고 열매 맺지 못한 무화과나무는 예루살렘의 영적 상태를 제자들에게 상징적으로 보여주신 시청각 교육인 것이다.

내게도 맺혀야 할 신앙의 열매가 시원치 않다. 당도가 떨어진 파게라도 있으면 다행이지만, 이도 저도 아닌 잎만 무성하게 자라고 있는 어정쩡한 모습과 마주한다. 무화과나무 비유의 깨달음이 깊은 고민을 낳는다.

3부

나이 듦이 좋다

잠깐 보이다가 없어지는 안개와 같은

인생이라지만, 다른 이들과 어울릴 수 있는

오늘이 있어 아름다운 삶이 아닌가.

아름다운 기억

아침에 베란다에서 바깥을 보니 또 비가 내리네요.

오늘 같은 날 화창한 날씨를 기대했는데 그래도 봄비 같은 분위기라 그리 나쁘지만은 않네요. 3·1절에 결혼식 날짜가 정해졌다는 소식을 듣고 주변에서 한 소리씩 해 댔지요. 독립선언문을 낭독해야 하고 만세삼창을 해야 하겠다며 축하와 함께 농담이 많이 오갔지요. 이탈리아로 신혼여행을 떠난다는 소식에 뜬금없이 피렌체의 모습이 암암하네요.

몇 년 전 도 교육청 주관으로 시행했던 유럽 선진지 시찰 팀, 그리고 교회에서 함께한 성지순례 팀과 두 번씩이나 다녀오는 기회를 누렸으니 축복을 누린 셈이지요.

영국의 문호 에드워드 모건 포스터는 소설 '전망 좋은 방'에서 피렌체의 아침을 이렇게 묘사했다지요.

피렌체에서 깨어나는 일, 햇살 비추어 드는 객실에서

눈을 뜨는 일은 유쾌했다. 창문을 활짝 열어젖히는 일 익숙하지 않은 걸쇠를 푸는 일도 햇빛 속으로 몸을 내밀고 맞은편의 아름다운 언덕과 나무와 대리석 교회들 또 저 만치 앞쪽에서 아르노강이 강둑에 부딪히며 흘러가는 모습을 보는 일도 유쾌했다. 라고요.

꽃이라는 의미가 담긴 도시 피렌체는 중세의 유적과 르네상스 시대의 작품들을 대리석 위에 꽃을 피웠지요. 고풍스러운 건물과 그 건물이 간직한 예술작품마다 마음을 뒤흔들게 하고 때론 질투심마저 일렁이게 했어요. 피렌체는 걸어서 사색하기 좋은 도시라는 느낌을 받았어요.

또한 단테, 보티첼리, 레오나르도 다 빈치, 보카치오, 미켈란젤로 등 피렌체에서 태어났거나 흔적을 남긴 예술가들의 숨결을 느껴보세요. 피렌체에서 가장 오래된 다리는 세기의 연인인 단테와 베아트리체의 운명적 만남이 담겨 있는 베키오 다리를 만날 수 있을 수 있어요. 지금의 다리 위는 보석상들로 채워져 있지만, 예전에는 대장간, 정육점이 있었던 투박한 공간이었다지요. 과거를 회상하며 애틋함을 맛볼 수 있겠지요.

지금도 그 뜨거움이 생생하네요. 한여름 태양의 열기가 후끈거릴 즈음 아르노강 언덕 위 미켈란젤로 광장에 도착했는데, 몰려드는 관광객과 물건을 파는 상인으로 뒤엉켜 평화로운 시간을 갖지 못한 아쉬움이 있거든요. 겨우 아마추어 화가의 미소를 거절할 수가 없어서 베키오 다리를 소박하게 스케치한 그림을 샀지요.

우리 집 방 한쪽 벽을 차지하고 있는 단순한 그림 속에는 피렌체를 거닐며 마음과 눈에 담아 두었던 기억을 꺼내게 하고 미켈란젤로 광장에서 내려다보았던 붉은 지붕 사이로 두오모가 우윳빛 대리석의 교회당들이 잔잔하게 떠오르게 하네요. 그림을 바라볼 때마다 낮게 배어드는 평화로움은 파문이 되어 가슴으로 밀려들지요.

피렌체에서 깨어나 돋을볕을 보며 유쾌한 하루를 맞이하는 것이 좋겠지만 미켈란젤로 광장에서 노을을 바라보며 여유로운 시간을 가져보는 것도 좋겠네요.

천천히 걸으며 피렌체에 흠뻑 젖어 보세요.

밥 이야기

어쩌다 교회 행사나 경조사에 만나는 지인이 잊지 않고 건네는 인사말이 있다.

"다음에 밥 한번 먹게요"

그렇게 인사만 들었을 뿐 실제 밥을 같이 먹어본 적은 없지만, 시간을 내어 마음을 나누자는 마음을 알기에 지나가는 소리지만 참으로 정겹다. 언젠가 함께할 날이 있겠지, 하며 지내는 중이다.

어느 날 항암치료 중에 있는 교회 집사님과 식당으로 향했다. 한정식이 입맛에 맞았는지 맛있게 먹는 모습에 내가 더 기뻤다. 밥상을 마주하고 나니 살아온 이야기를 쏟아 놓는다. 남편과 처음 만나 결혼까지 이어진 이야기, 아픈 딸의 이야기 등 끊임없이 이어지는 그녀의 인생사, 어떻게 저 많은 사연을 안고 살아왔는지 놀라울 뿐이다. 밥이 맺어준 힘이다.

요즘에는 탄수화물을 줄인다고 밥이 뒷전으로 밀렸다. 아침은 토스트에 우유 한잔, 고기에 샐러드 등 식단이 다양하게 변해가지만, 여전히 밥이 중심이 되는 우리 집에선 아직 다른 식단으로 대체할 엄두가 나지 않는다.

시댁 식구들이 모였다. 시어머니께서 전기밥솥 알람 소리에 밥을 저으라 한다. 밥통 뚜껑을 여는 순간, 쌀에서 나오는 진한 밥 냄새와 윤기 머금은 밥알들, 눈과 코를 유혹한다. 저절로 숟가락을 들게 만든다. 건강 때문에 잡곡밥이 일상이 되어버렸지만, 갓 지은 쌀밥 앞에서는 무너지고 만다. 쌀밥과 마주한 식구들이 학창시절의 도시락에 대한 추억을 소환한다. 쌀이 부족했던 시절 보리밥 도시락이 부끄러워 점심을 거르는 일이 많았다는 남편 형제들만의 진한 공감, 지난 시간으로 여행을 하며 웃음을 나눈다.

여고 시절, 내게도 밥에 대한 추억이 얼핏 떠오른다. 수업 후 자율 학습을 마치고 집에 돌아가면 저녁 시간을 넘기고 만다. 쌀쌀한 날씨에 출출한 배를 안고 집에 도착하면 할머니는 밥을 그릇에 담아 보자기에 돌돌 말아 아랫목 이불속에 넣어둔다. 전기밥통이나 밥솥이 없어 무쇠솥에 밥을 짓던 시절, 늦게 귀가하는 손녀를 위해 밥이 식지 않도록 이불속에 넣고 기다린 할머니의 따뜻한 마음의 밥상인 것이다.

청소년 시기에는 왜 그리 빨리 배가 고픈지, 밥은 왜 그리 맛있는지, 밥이 보약임을 증명이라도 하듯 나는 그렇게 밥을 잘 먹은 덕택에 잔병치레 없이 지냈다. 아마 다른 간식거리가 없던 시절 오로지 밥에 의지했던 환경도 있겠다.

가을걷이 후 처음 나온 햅쌀이 무쇠솥에서 뜸을 들인 후 완성된 밥 모습이 아른거린다. 기름 바른 것 같은 반짝이는 윤기, 코끝으로 들어오는 밥 냄새는 늘 황홀할 정도였다. 벼를 키운 자연의 힘과 더불어 농부들의 수고로움으로 받아드는 최고의 선물인 것이다. 김이 나는 밥에 참기름과 간장에 비벼 먹던 맛이 그리워진다. 갓 추수가 끝난 계절에 햅쌀로 그 맛을 되살려 보고 싶다.

밥 냄새가 코끝을 스친다. 그래, 오늘은 쌀밥이다.

간절함

어느 문학동인지 출판기념회에서 처음 인사를 나눈 후 서너 번의 만남으로 우린 그렇게 동지가 되어 편안하게 이야기를 나누는 사이가 되었다. 문학 공부를 한답시고 호기심 어린 눈으로 이리저리 기웃거리는 내게 서두르지 말고 열심히 읽고 습작하라고 다독거리던 따스한 눈빛의 여자다. 미술을 전공한 그녀답게 인간에 대한 순수한 사랑과 시정詩情을 화폭에 담은 샤갈의 동화적 회화에 대한 열정적인 짝사랑을 보였고, 강한 색채나 독특한 터치보다 자연과 사람의 흔적을 찾아 그리려 했던 따뜻한 반 고흐에 대한 내면의 깊이를 풀어 놓을 때면 영혼을 적시는 단비와 같았다. 그래서일까. 그녀는 투박한 제주의 사람과 거칠게 불어내는 제주의 바람까지도 껴안고 사랑했다.

서울에서 열리는 전시회 소식을 접할 때마다 거리가 너

무 멀어 아쉬워하는 마음을 씩 웃고 애써 감추려 했지만, 그들을 향한 그리움에 목말라 하는 마음이 전해 오는 걸 어쩌랴. 당신의 화실에서 제자들을 가르치고 밤이 깊도록 글을 쓰면서 지내던 그녀가 갑자기 쓰러졌다는 소식에도 놀랐지만 아무도 알아보지 못한다는 소식은 한동안 나를 멍하게 만들었다.

꽃을 좋아하지 않는 사람이 어디 있으랴마는 어쩌다 꽃 이야기가 나오면 유난히 말수가 많아지면서 꽃 예찬 소녀로 돌아가 버리는 여자이기도 했다. 늘 올림머리에 긴 원피스 즐겨 입던 모습이 생각난다. 조그마한 체구에 나이도 가늠하기 어렵게 해서 부러움을 샀던 여자다.

어느 날 약속했다. 꽃을 들고 화실로 놀러 가겠다고. 언제든 대환영이라고 손을 들어 기뻐하며 환하게 웃으시던 모습이 아직도 아른거린다. 그 약속을 지키지 못했다. 서둘렀어야 했는데, 꽃을 들고 가서 그녀의 삶을 진하게 담아 두고 억지를 부려서라도 소담스러운 꽃 그림 하나 그려 달라고 졸랐어야 했다.

그녀의 머리카락이 하얗게 세어있었다. 통통 부은 손등을 가만히 만져보았다. 따스하다. 때론 그림으로 때론 글로 쉼 없이 당신의 영혼을 쏟아놓던 손이다. 병실 창가에 놓여 있는 사진 속 선생님과 눈이 마주쳤다. 나와 마주하던 선생님의 모습이다. 빙그레 웃고 있다. 목이 메어

온다. 병실을 지키던 딸은 잠깐 볼 일이 있어서 외출했다.

선생님,

지금 밖에는 선생님이 좋아하는 온갖 꽃들의 잔치가 벌어지고 있어요. 훌훌 털고 일어나세요!

그날

　지난주, 새로 부임한 선생님들을 위한 환영 회식에 참석하고 있는데 문자가 떴다.

　'문학을 사랑하는 ○○님께서 오늘 편안히 가셨습니다. 좋은 모습으로 기억해 주세요.' 문자를 확인하는 순간 음식을 집으려다 젓가락을 놓고 자리에서 일어났다. 운전대를 잡은 손바닥에 땀이 났다. 몇 주 전 통화 할 때도 평소와 다름없는 목소리로 다음 모임에는 참석한다고 했는데. 분향소로 달려갔다.

　분향소 옆에는 올해 대학교에 입학했다는 아들과 여고생 딸이 아빠와 함께 조문객을 맞았다. 영정 속 그녀는 아내로 두 아이 엄마로 담담하게 나와 마주했다.

　한동안 소식이 없다가 5년 전 그녀가 등단한 문학지를 받으며 다시 만남이 이어졌다. 축하 화분을 사 들고 약속 장소로 나갔는데 얼굴은 부어 있고 모자를 눌러 쓰고 있다. 그녀의 생소한 모습에 놀라 눈을 크게 뜨자 몇 년 동안 유방암으로 투병 생활하고 있다고 했다. 차분한 목소리로 그동안 항암치료 과정을 들었다. 재미있는 이야기를 나눌 때면 아무렇지도 않다는 듯 호탕한 웃음소리로 긴장했던 나를 안심시켰다. 둘이 처음 문학 동인회에서 만났던 시절을 회상하며 긴 시간 수다를 떨었다. 그녀의 초연한 모습에 내가 놀랄 정도였다.

그 후 간간이 전통찻집을 찾아 걸쭉한 대추차를 앞에 놓고 평범한 아낙의 삶을 나눴다. 남편 흉보기, 시대적 흐름에 변화하는 자녀를 따라잡을 수 없는 한탄, 그들에게 구걸(?)하며 미디어 사용법을 익혔던 사연 등을 주고받으며 시간 가는 줄 몰랐다. 투병 중에도 쏟아내는 습작의 열정을 지켜보면서 멀쩡한 나를 기죽게 했다.

지난겨울, 그가 몸담은 독서회 동인지를 보내왔다. 그의 작품을 찾으려고 목차를 펼쳤더니 제목이 '사랑의 죽'이다. 내용을 읽어보니 암이 전이 되어 항암제 치료를 받고 나면 며칠 동안 음식을 먹을 수가 없어서 죽이라도 먹어야 하는데 그것조차 쉽지가 않았단다.

어느 날 아침 1층에 사는 미용실 언니가 채소를 다져 놓고 끓인 죽 냄비를 들고 왔는데 목이 메었다고 했다. 힘들 때 친정어머니조차 안 계셔서 서러움이 복받쳤을 것이다. 그래도 그 죽 때문에 살아갈 이유가 생기고 힘을 얻었다는 고백을 담았다.

그날 전화를 걸었다. "나는 어떤 죽 냄비를 들고 갈까?"라며 농담 섞인 말을 하자 호탕한 웃음과 함께 어떤 죽 냄비라도 받겠다며 응수했다. 죽 냄비가 아닐지라도 만나야 했다. 그녀를 일으켜 세워 돋을볕이라도 보게 해야 했다.

어머니 보내고 추연해진 그들을 생각하니 목이 멘다.

탈무드에서는 하나님께서 항상 우리와 함께 있을 수 없어서 어머니를 주셨다고 하는데 그리움을 무엇으로 대신할 수 있을까. 꽃 속에 살 때는 잊다가 세상 가시 따가우면 그리운 게 어머니라고 했는데 가시에 찔렸을 때 그들의 상처는 누가 싸매줄까.

그녀의 자녀들이 눈에 밟힌다.

작지만 큰 나라

여행으로 인한 일탈은 언제나 설렘이다.

딸아이가 국제봉사단에 신청서를 제출했다. 연락이 오면 즉시 합숙을 들어간다 해서 그사이 짬을 내어 떠나기로 했다. 몇 주 전 신문 기사를 봤던 생각이 떠오른다. 자신이 살던 집이 성지로 지정될 경우 예산 낭비가 된다며 허물어 버리라고 남긴 유언이다. 리칸유가 살았던 나라, 싱가포르 항공에 몸을 실었다. 여자 승무원 차림을 보고 있노라니 자꾸 웃음이 난다. 학예회에 출연할 것 같은 화장과 꽃무늬의 긴 치마와 샌들, 승객들이 위험에 처해 있을 때 민첩하게 움직일 수 있을까 하는 불안감이 든다. 안내 책자를 꺼내 살피는 태평한 딸아이 모습과 달리 나는 패키지여행에 익숙한 습성 때문에 처음 접하는 자유여행이 긴장된다.

역시나 첫 단추부터 헤매기 시작했다. 묵을 호텔이 표

시된 지도에는 가깝게 보이는데 한참을 가도 나타나지 않는다. 반대 방향으로 가고 있었던 게다. 신중해지기 시작한다. 듣던 대로 도시가 단순하고 깨끗하여 오선지 같은 전선이 보이지 않는다.

저녁이 되자 도시의 주변은 축배를 드는 관광객으로 술렁인다. 한강 분위와 흡사한 강물은 도시의 화려한 불빛으로 '고흐의 별이 빛나는 밤'을 이룬다. 드디어 둘만의 데이트가 이어지기 시작했다. 딸아이가 메모해 온 일정에 따라 움직이기 시작했다. 색깔별로 동선이 구분된 지하철이 쉽다고 하지만 혼자서는 엄두도 못 낼 일이다.

직장의 분주함을 내려놓고 딸은 숨 고르기를 하며 또 다른 세계를 위한 비워둠의 시간을 갖는다. 평탄한 길을 찾으려고 애쓰는 요즘, 딸아이는 낯설고 좁은 길을 선택하려는 중이다. 급한 성질을 내려놓고 딸의 속도에 맞추기로 했다.

차이나타운을 찾았다. 100여 년 넘게 이어온 토스트를 맛보기 위해서다. 창업주로 보이는 인자한 할아버지가 신문에 소개된 기사가 색 바랜 액자 속에서 미소를 보낸다. 바삭한 캬야 토스트 한 조각, 상큼한 맛을 더한 잼으로 오후의 피로를 덜어내며 행복감에 젖는다. 바삭한 토스트 한 조각이 위대하다.

여행지에서 생소한 음식은 두려움을 동반한다. 오차르

로드로 이동하자 딸아이가 추천한다. 차갑게 얼린 두리안 페이스를 동그란 크레페 반죽 위에 올려놓고 만두 모양으로 구워낸 팬케이크이다. 차가움과 따뜻함의 조화, 이 나라의 분위와도 닮았다. 전철을 타고 이동할 때마다 피부색이 다른 학생들이 어우러져 장난과 수다가 끝없다. 다름에 대한 편견이 없는 것 같아 보는 이의 마음을 편하게 한다.

리칸유 총리는 싱가포르의 비약적 성장 비결 또는 자신의 통치 철학으로 '이데올로기로부터 해방 감정에 치우치지 않는 실용주의'로 꼽은 적이 있다. 말레이반도 작은 항구 도시에 불과했던 싱가포르가 오늘날 부국으로 입성하기까지는 화합의 철학이 한몫했음을 짐작하게 한다.

마지막 날, 아침부터 장대비다. 리칸유 총리 생가를 찾아보기로 하고 호텔 직원에게 안내를 받았다. 전철에서 내리자 비가 그치고 구름 기둥이 언덕배기를 걸어 올라가야 하는 우리를 수월하게 한다. 동네가 단아하다. 집 앞에 경호원이 서 있어서 여기가 리칸유 총리 생가냐고 묻자 모른다고 한다. 사진을 찍으려고 하자 손사래를 친다. 눈치로 알아냈다. 못내 아쉬워 까치발을 하고 담장 너머 안을 들여다보려고 하자 그도 묵인해준다. 키 큰 나무들이 건물을 가려 붉은색 지붕만 겨우 볼 수 있었다.

그의 유언대로 조용히 허물어 버릴 수도 있을 것 같다. 오랜 세월이 지난 후 국민은 그에 대해 어떤 평전을 남길까. 75년간 살았던 수수한 집 모습에 잔잔한 여운이 남는다.

국립박물관으로 향했다. '리콴유 추모 전을 기리며'라는 전시회가 열리고 있다. 총리의 죽음을 애도하며 보낸 수백 장의 엽서가 펼쳐있다. 딸아이가 한 엽서에 적힌 내용을 해석해 준다. '리콴유 총리님 우리에게 나라를 주셔서 고맙습니다.' 지도자의 격이 국격을 높인다고 한다. 모든 계층을 만족시킬 수 있는 묘책은 없다지만, 격이 있는 지도자를 생각하게 한다.

비행기 출발 시각을 보니 거의 자정이다. 휴대전화에 저장된 사진을 꺼냈다. 나비를 닮은 수십 종의 난과 폭포수가 있는 웅장한 실내 식물원이다. 사람의 신호에 따라 움직이는 새의 날갯짓은 감탄보다 눈물겹다.

작지만 큰 나라 싱가포르, 그 여운이 오래 갈 것 같다.

나이 듦이 좋다

학년말 방학을 맞아 여유를 누렸다.

그것도 아들과 딸을 옆에 끼고 떠나는 나들이다. 마일리지로 세 명의 비행기 표를 샀다. 함께 떠나지 못한 남편은 미안함과 격려의 마음을 담아 후원금까지 건넨다. 신나는 여행길이다.

서울 구경으로 만장일치를 보았다. 녀석들은 며칠 전부터 인터넷을 통해서 연극과 미술품 전시 시간을 알아보고 어디를 가야 할지 알뜰하게 계획표를 잡았다.

방학 때마다 대학생 수련회 참석차 서울에 들락거렸던 딸아이는 비행기에서 내리자마자 지하철 노선과 방향을 익숙하게 안내하며 이곳저곳을 돌아보게 한다. 앞장서는 딸아이에게 지하철 노선이 맞는지 바르게 가고 있는지를 여러 번 묻게 된다. 같은 질문을 반복하자 설명하던 딸아이는 치매 증세 초기가 아니냐고 놀려댄다. 그래도 그렇지 치매증세라니, 정말 내 기억력에 빨간 신호가 온 것일까.

내 나이도 쉰의 울타리를 치기 시작했다. 마음은 아직도 청춘인데 몸이 늙어서 서럽다고 한탄하는 어른들을 보면 주책이라 생각했다. 몸이 늙었는데 어떻게 마음만 청춘이 될 수 있겠느냐고 말이다. 어릴 때 느꼈던 쉰 살은 노인이며 삶의 황혼기에 접어든 무기력한 존재로 여겼다.

한없이 멀기만 하고 내 앞에는 다가오지 않을 것 같았던 그 쉰 살이 나를 감는다. 내가 나를 바라보는 쉰 살은 아직은 무기력한 존재도 아니고 더구나 황혼기가 아님이 분명한데 뭔가 바람이 빠진 듯 허전함이 스며들기 시작한다.

이제 청춘의 돛을 달고 푸른 꿈을 향해 달려갈 일도 없는데 무엇을 좇아 헤매다 놓쳐 버린 느낌이다. 입술로는 욕심을 내려놓았다고 하면서 속병을 하는 이유는 대체 무엇일까.

딸아이처럼 정열의 이십 대가 있었는데…. 아름다운 사랑을 꿈꾸며 밤새 책장을 넘기다 핏발 서린 눈으로 동살을 맞이하기도 했다. 그러다가 이유 없이 세상을 향해 독기를 품고 퍼부었던 친구와의 논쟁들, 감정의 기복이 심했던 젊음의 파노라마가 흑백 필름처럼 지나간다.

어떤 이들은 나이 들어간다는 것이 야속하거나 기막히게 슬픈 일도 그렇다고 호들갑 떨 만큼 아름다운 일도 아니라고 한다. 맞다. 기억력이 가물거리고 몸 여기저기서 쓰다듬어 달라고 신호를 보내오지만, 연륜의 지혜도 건진다. 나이 들고 어른스러워진다는 것은 너그러움이라고 하지 않는가. 웬만한 오해는 구차한 변명이나 해명보다 침묵하는 여유가 생겨 분노에서 멀어지려 한다. 사소한 것에 핏대를 높이는 이들을 보면 그 정열이 부럽지만 한편 측은함도 든다.

그래서 노년의 나이가 가장 편하다고 했을까.

"내게 고작 한 뼘밖에 안 되는 짧은 인생을 주셨습니다. 사람들의 일생은 한순간 입김입니다."라는 다윗의 탄식처럼 잠깐 보이다가 없어지는 안개와 같은 인생이라지만 그렇다고 주저앉아 슬퍼할 일만은 아닌 듯싶다. 다른 이들과 어울릴 수 있는 오늘이 있어 아름다운 삶이 아닌가. 더 나이 들기 전에 이 소중함을 깨달았으니 이 또한 얼마나 큰 축복인가.

나이 듦이 좋다.

홀가분한 오후

오늘 또 그 할머니를 만났다. 수선해야 할 옷가지를 세탁소에 맡기고 돌아오는 길이었다. 이웃 아파트 입구에 조그만 의자가 있는데, 볕이 좋은 날이면 할머니는 늘 혼자 앉아 계신다. 햇볕과 마주한 할머니의 겉모습은 건드리면 금방 무너져 버릴 것 같다. 하지만 굴곡의 세월을 이겨낸 듯 표정이 염연하다.

새들이 아파트 울타리에서 짝을 부르며 요란한 소리를 낸다. 할머니 귓가에도 그 소리가 들리는지 나무가 있는 곳으로 눈 맞춤하다가 가끔 눈을 감고 골똘히 생각에 잠긴다. 어떤 추억을 하고 계실까. 할머니의 모습에는 오늘 저녁 숨이 멎는다고 해도 담담히 받아들일 것 같은 여유가 흐른다. 먼발치서 할머니를 바라보면서 30여 년 후의 나의 모습을 상상한다. 멀게 느꼈던 늙음이 가까이 다가온다. 순간 가슴에 동통이 밀려온다.

언젠가 동서한테 들었던 어느 성직자 노모 이야기가 생각났다. 하나밖에 없는 아들이 성직자의 길을 걷게 되자 노모 혼자서 살게 된다. 교인들이 노모의 안부가 걱정되어 들렀다. 집안에는 꼭 필요한 살림살이 이외는 장식된 게 없고 정갈하게 정돈된 분위기였다. 소박한 양반 책상 위에 성경을 펼쳐놓고 꼿꼿이 앉아 묵상하고 계신 모습에 모두 놀랐다고 한다.

속세의 얽매임에서 자식을 놓아 보낸 노모의 강인함이 부러웠다. 비록 성직자의 길이지만 하나밖에 없는 아들이기에 응원과 무너짐이 교차하였을 것이다. 하지만 기도하고 또 기도하며 수십 번 자신을 일으켜 세웠을지도 모르겠다. 이 세상 소풍 마칠 때면 자식도 물질도 함께할 수 없는 사실을 그 노모는 이미 터득하고 계신 걸까.

할머니를 뒤로하고 집으로 들어와 방 한쪽 구석에 박혀 있는 종이상자를 몇 년 만에 풀었다. 명예퇴직하고 교실에서 사용했던 교재와 참고 서적을 담아온 상자다. 손때 묻은 동요 모음 공책이 누렇게 변해 있고, 신문을 오린 자료가 스케치북에 종종 붙어있다. 학부모와 공유했던 자녀교육에 관한 자료가 켜켜이 쌓여있다.

숨 고르기를 할 시간도 잃은 채 열정만으로 다 되는 줄 알았던 미숙한 흔적이 고스란히 담겨 있다. 종이상자를 정리하고 내친김에 신발장과 옷장을 열어 쌓여있던 군더

더기를 걷어내기 시작했다. 충동 구매의 얼룩진 파편들이 떨어져 나갔다. 마음이 움찔해진다.

지난날, 물질의 소유욕을 넘어 딸아이의 정신세계조차 흔들어 댔던 시간이 부끄럽다. 딸아이는 다니던 직장을 그만두고 국제봉사단에 지원하겠다고 자기 생각을 밝혔다. 앞으로 진로는 어떻게 할 것이냐며 일방통행으로 쏟아놓은 말의 홍수에 딸 아이가 가슴앓이했다. 생사 끝자락에 서 있는 사람처럼 싫은 것에 대해 너무 정색하는 것도 옳은 처사가 아닌데 늘 빈 수레가 되어있다. 더욱 멀리 내다보기 위해서는 잠시 뒤로 물러서는 여유와 지혜가 필요한데 그 또한 만만치 않다. 소유의 몸살은 언제쯤이면 끝이 날지 모르겠다.

그 세월 옛날의 그 집
나를 지켜주는 것은 오로지 적막뿐이었다.

(중략)
모진 세월 가고
아아 편안하다 늙어서 이리 편안한 것을
버리고 갈 것만 남아서 참 홀가분하다.
  – 박경리 〈버리고 갈 것만 남아서 참 홀가분하다〉 중에서

내게 주어진 세월의 도착점에 이르렀을 즈음, 다 내려 놓고 늙어서 편하다는 고백을 할 수 있는 날이 오기나 할까. 적막함까지도 즐길 줄 아는 노년을 위해 치열한 연습을 해야 하겠다.

　필요 없는 것을 걷어내니 참으로 홀가분한 오후다.

감자 먹는 사람들

반 고흐 미술관을 찾았다.

스페인과 모로코 포르투갈 여행 일정으로 마치고 네덜란드 항공사를 이용하기 위해 암스테르담에서 하루를 보내게 되었다. 일행들이 있었으나 그날만큼은 혼자 가고 싶은 곳이 있었다.

딸아이가 미리 인터넷에서 입장권을 예매한 덕분에 시간에 맞춰 느긋하게 입장하게 할 수 있었다. 전시실에 들어서니 많은 사람이 진지한 표정으로 그의 작품과 마주하고 있다. 사람들 틈으로 비집고 들어섰다.

양산이나 티셔츠에 인쇄된 모습으로 종종 만나게 되는 '아몬드나무'다. 아몬드나무를 그리게 된 동기를 알고 있기에 더욱 반갑다. 동생 태오가 아들을 낳은 소식을 듣고 기뻐하며 그린 그림이다. 고흐는 동생 부부의 방을 장식하도록 아이의 눈동자 색을 따라 푸른 하늘을 배경으로 아몬드꽃이 활짝 핀 그림을 그렸다. 평생 독신이었던 고흐가 가정을 꾸린 동생에 대한 애정과 가족의 소중함, 그리고 한 가정의 행복과 평화를 염원하는 마음을 그대로 화폭에 옮긴 축하의 선물인 셈이다.

푸른색이 인상적이다. 하늘과 나무 사이에 거리가 느껴지지 않는 평면적이다. 평면성을 강조하면서 색채를 마음껏 구사하며 내면과 감정을 표출하고 그것을 통해 미적 쾌감을 나타냈다고 한다. 반 고흐는 외부 세계에 관한 관심보다 내면을 더 중요하게 여겨 인간의 진실성을 표현하고자 했다.

걸음을 옮겼다. 프랑스 아를에서 머물렀던 시기에 정열적으로 작품 활동에 몰입하며 완성한 '해바라기', '반 고흐의 방', '노란 집' 같은 익숙한 작품들이다.

아를에서 활동하는 동안 정신적으로 안정된 시기인지 화사하고 밝은색으로 채색된 작품들이 오랜만에 만난 친구처럼 친숙하다. 색채와 기법에 번민하며 예술혼을 불태운 화가, 그의 열정이 느껴진다.

'감자 먹는 사람들'이 눈길을 끈다. 그의 동생 테오의 생일을 맞아 선물로 보내고 싶었던 작품이다. 램프 불빛 아래서 감자를 먹고 있는 가족의 손이 거칠고 투박하다. 침침한 배경으로 봐서 농촌의 가난함이 묻어 있지만, 손으로 하는 노동과 정직함이 따르는 농촌의 삶이 가치를 보여주고 있다.

가끔 슈퍼마켓 매대에 쌓아 올린 감자를 보는 것만으로도 마음이 풍요롭다. 수확한 지 오래되지 않아 촉촉하게 흙이 묻어 있는 감자는 더 친근감이 든다. 감자 옆에는 손에 흙이 묻지 않도록 손님을 위한 일회용 비닐장갑이나 집게가 놓여 있다. 나는 흙 묻은 감자를 손으로 담는 버릇이 있다. 수확하느라 수고한 농부와 흙에 대한 최소한의 예를 갖춰야 한다는 마음에서다. 농촌에서 흙과 더불어 살아온 익숙함이 몸에 배어있기도 하다.

한때, 반 고흐는 밀레와 렘브란트의 영향을 받아 주로 하층민과 노동자들의 생활과 풍경을 그린다. 그래서 땅을 파는 농부에게 진실함을 느낀다고 했다. 그림 속 사람들 표정이 무덤덤하지만, 고된 노동을 하고 돌아와 삶은 감자를 식탁에 올리고 차를 따른다. 흙이 있어 하루하루를 살아가는 삶에 감사하며 담소를 나누고 있다. 조금 무뚝뚝하게 생긴 남자가 어색한 미소를 띠며 여자에게 찐 감자를 건네는 가족간 사랑이 정겹다. 그 손이 정직한 흙을 닮았다.

'농사짓는 여인의 손이 아름답다'고 한 고흐의 말에 비추어보면 그는 농촌에서 살아가는 사람들에게서 맑은 영혼을 보았을 것이다. 부모들의 휘어진 손마디와 거친 손이 자녀의 눈에는 정직하고 아름답게 보이듯이 말이다.

그리 길지 않은 여행 일정에 빵과 치즈와 벗하느라 속이 더부룩하다. 갓 쪄낸 포슬포슬한 감자에 시원한 물김치 한 접시가 그립다.

　거친 듯 섬세한 붓놀림과 그림 밖으로 나올 것 같은 입체적 표현이 나를 붙든다.

　반 고흐의 고백이다.

　"그림 속에는 무한한 뭔가가 있다. 정확하게 설명하기 힘들지만, 자기감정을 그림으로 표현하는 건 정말 매혹적인 일이다. 색채들 속에는 조화나 대조가 숨어 있다. 그래서 색들이 저절로 조화를 이룰 때면 그걸 다른 방식으로 사용하는 게 불가능해 보인다."

　작품과 마주할 때마다 가슴이 뛴다. 그림 속에는 무한한 뭔가가 있어서다.

　내가 미술관을 찾는 이유다.

열정에 반하다

입구에 가까이 들어서자 왁자지껄하는 소리가 들린다. 안으로 들어가 보니 이 층으로 된 극장식 식당이다. 아래 층 무대 앞 좌석에는 이미 하얀 은발의 노부부들이 담소를 나누며 식사를 즐기고 있다. 그 모습에서 우리 할머니 할아버지와는 다른 문화 환경과 여유로움을 본다. 부러운 눈길을 보내며 이 층으로 올라갔다. 바삐 움직이는 종업원이 시원한 오렌지 주스와 싱가포르 실링 칵테일을 탁자에 올려놓는다. 모로코 일정을 마치고 돌아오는 고불고불한 언덕길에서 멀미를 심하게 해댔다. 멀미의 여운을 다스리려고 시원한 칵테일 한 모금을 마셨더니 금세 얼굴이 화끈거린다.

자리를 정리하고 시선을 무대에 고정했다. 순간, 화려하게 차려 입은 무용수들이 등장하더니 엇박자의 리듬을 타며 손과 발, 온몸이 하나의 결정체가 되어 무대를 누빈다. 무대는 금방 화려한 불꽃놀이로 수놓는다. 이보다 더 정열적인 무대가 있을까. 관능적인 동작마다 관객이 숨을 죽인다. 그들의 표정과 몸놀림에 집중하느라 온몸의 세포가 긴장하고, 어깨와 허벅지에 쥐가 나려 한다. 무용수들의 표정과 손가락 사이에서 리듬을 타는 캐스터네츠의 움직임과 발동작이 하나 되어 슬픔과 기쁨에 이르기까지 다양한 감정을 담아낸다. 이게 플라멩코 춤이다.

집시로 알려진 이들은 자신들을 평원의 도망자라고 불렀고, 그들은 15세기 말까지 유목과 영세 수공업으로 방랑 생활을 했다. 집시들의 방랑문화는 그들만의 독특한 형식의 음악을 만들어 냈고, 수백 년에 걸쳐 풍요로운 스페인 남부 안달루시아의 지방 음악으로 정착하게 되었다. 그 음악은 일상의 시름을 잊기 위한 잔치에는 없어서안 될 중요한 것이었다. 우리의 아리랑이 안으로 삼키는음악이라면 플라멩코는 밖으로 발산하는 음악인 듯하다.

가이드가 플라멩코의 감상법과 기타 소리에 귀를 기울여 보라고 귀띔해 준다. 아무 때나 손뼉 치는 게 아니라한 세트가 끝날 무렵 즈음에 "올래"라고 큰소리와 함께손뼉을 치란다. '올래'는 '잘한다.'라고 흥을 돋우는 소리다. 기타는 뒤늦게 플라멩코 일부가 되었지만, 음악적으로 크게 이바지했다고 한다. 기타 현의 울림은 복잡한 리듬을 이끌어가며 경이로운 기교로 음악적인 완성도를 끌

어울리는데 톡톡히 견인역할을 하는 것 같다.

빠른 손놀림과 득음 경지에 이른 듯 거친 목소리로 영혼의 밑바닥으로부터 감정을 끌어올려 부르는 애절한 노래마다 그들만의 한 서린 영혼을 쏟아놓는다. 알아들을 수 없는 노랫말, 처음 듣는 리듬이지만 음악은 이렇게 모든 사람을 끌어안는다. 구두로 바닥을 치는 발동작과 손목과 팔, 허리 놀림에서 결렬함과 우아한 감정을 아낌없이 보여준다. 무대를 누비며 빠른 동작과 정지된 자세가 교차하는 황홀한 모습에 관객들이 넋을 잃게 한다.

화려했던 무대가 막을 내린다. 출연했던 배우들이 거친 숨을 몰아쉬며 인사를 한다. 얼굴이 땀으로 젖어있다. 관객이 환호하며 손바닥에 열이 나도록 박수를 아끼지 않는다. 멀미로 나른했던 몸이 충전된 듯 정신이 번쩍 든다.

극장을 나와 길거리에서 캐스터네츠 한 개를 샀다. 넉넉하게 생긴 상인이 시범을 보이며 건넨다. 알려준 주법대로 움직여 보지만 틱틱 헛도는 소리다. 그 소리면 어쩌랴. 캐스터네츠에 무대를 누볐던 장면을 담아 본다. 가끔 그들이 생각날 때 캐스터네츠를 꺼내어 열정의 무대를 떠올리고 싶다.

스페인 여정이 절정에 이르는 순간이다.

색채 마술사를 만나다

숨 막히는 더위가 희미해지기 시작한다. 지난여름 더위와 씨름하느라 소진한 몸과 마음을 보상하기 위함이라며 억지 핑계를 댄 나들이다. 예술의 전당 한가람미술관을 찾았다. 색채의 마술사, 마르크 샤갈 전시회 중이다. 그의 작품과는 세 번째 만남이다. 입구 한쪽 화사한 꽃그림이 관람객을 맞이한다. 아내 벨라에 대한 사랑과 자연에 대한 그의 사랑을 표현하기 위해 생물학적 상징들을 섞어 놓았다. 한 쌍의 연인들이 붉고 흰 꽃다발 속에 앉아 있다. 샤갈의 생일 선물로 아내가 사다 준 작은 꽃다발이 거대한 꽃다발로 변신한 작품이다.

볼셰비키 혁명으로 탄생한 소련은 예술가들에게 사회주의적 사실주의를 따르라고 강요했고, 저항하는 이들을 핍박하고 살해했다. 혁명과 전쟁의 소용돌이 속에서 샤갈은 예술의 자유를 찾아 독일, 프랑스, 미국으로 유랑의 삶을 살았다. 샤갈은 세계를 떠돌며 유년을 보냈던 비테프스크를 그리워했다. 시대적 혼돈에 굴하지 않고 자신의 삶과 작품 세계를 넓히려는 열정이 색채의 마술사로 변신했는지 모르겠다.

유년 시절을 보낸 비테프스크의 모습은 꿈속의 장면인 듯, 동화 속 장면인 듯 펼쳐있다. 우리에게 잘 알려진 '나와 마을'이다. 시골 마을에서 살던 추억을 아기자기한 색채로 화폭에 담았다. 누구든 유년의 고향 모습은 언제나 수채화로 기억된다. 러시아 태생의 유대인, 성서에 대한 깊은 애정을 품고 있다.

"어렸을 때부터 나는 성서에 사로잡혀 있었다. 성서는 언제나 시의 위대한 원천으로 보였다. 성경 읽기는 창문을 통해 들어오는 한 줄기 빛과 마주하는 것이며 성서는 자연의 메아리 같고 이것이 내가 전달하고자 하는 비밀이었다."며 성서에 대한 자신의 사랑을 말한다. 성서에 순종하는 유대인, 율법에 갇혀 숨 막히는 삶으로 보이지만 철저함과 열정 앞에 당해 낼 사람이 없다.

한 여인이 책을 읽고 있는 모습이 눈에 띄어 다가갔다. 작고 늙은 할머니가 가진 것이라곤 머리에 쓴 스카프와, 작은 스커트, 주름진 얼굴뿐이지만 가슴속에는 사랑하는 아이들을 위한 헌신적인 사랑이 있음을 추억하고 있다. 샤갈은 할머니가 작다고 했지만, 영혼의 풍성함을 누리며 기도하는 할머니는 샤갈에게 행복을 입혀 주는 바위 같은 존재였을 것이다.

'노아의 희생 제물'이다. 단순하면서 코믹하다. 홍수가 그치고 방주에서 나온 노아가 '여호와께 제단을 쌓고 모든 정결한 짐승과 모든 정결한 새 중에서 제물을 취하여 번제로 제단에 드렸더니 여호와께서 향기를 받으시고.' 창세기에 나온 그 희생 제물이다.

하지만 '아브라함의 희생 제물'은 섬뜩하다. 아브라함 손에 든 칼이 번뜩인다. '그의 아들을 결박하여 제단 나무 위에 놓고 손을 내밀어 칼을 잡고 그 아들을 잡으려 하니' 순간 '그 아이에게 네 손을 대지 말라 그에게 아무 일도 하지 말라' 아브라함이 고개를 든다. 신 앞에 철저히 순종하며 고뇌했던 노아와 아브라함의 심경을 샤갈은 어떤 마음으로 작품화했을까.

한 작품이 발길을 잡는다. '다윗과 밧세바'다. 한 얼굴에 두 사람의 형상이 있다. 그의 독창성이 놀랍다. 남의 아내를 빼앗아 그것도 모자라 남편을 죽음으로 내몰고 그 여자를 아내 삼은 다윗의 모습과 마주하고 있다. 얼굴에 얼룩진 물감이 눈물로 회개하는 다윗의 모습으로 다가온다.

멀티미디어 방식으로 전시된 공간에서 '산책'을 만났다. 샤갈은 손잡은 벨라의 몸을 붉은 깃발처럼 허공에 흔들며 환하게 웃고 있다. 생기발랄하다. 아내와의 사랑이 깊다. 용서, 화해, 감사, 그의 작품마다 사랑의 은유며 성서의 비밀이었다. 새벽부터 날아온 내게 그가 사랑 한 줌 얹힌다.

'예술에도, 삶에도 진정한 의미를 부여하는 색깔은 오직 하나이다. 그것은 사랑의 색이다.' 이제 사랑의 색깔로 그려내는 일만 남았다.

모딜리아니의 수첩

검은 모자를 눌러쓰고 무표정한 얼굴이다. 뭔가 모를 깊은 생각에 잠겨 있다. 그림 '큰 모자를 쓴 에퀴테른'이다.

여고 시절, 이 그림에 마음이 끌려 수첩이나 노트를 모았던 기억이 있다. 며칠 전 서가를 정리하다가 그 수첩을 발견했다. 몇 년 전 친정 고모가 건네준 것이다. 좋아했던 그림이라 보물처럼 간직해 두었는데 그동안 잊고 지냈다.

모딜리아니는 재능보다 살아생전 빛을 보지 못한 비운의 화가다. 그의 초상화 작품에는 길게 뺀 목과 길쭉한 얼굴에 동공 없는 눈이 많다. 그 텅 빈 눈에 아득한 내면의 깊이를 담아내기 위해서라지만, 내가 왜 그런 모습에 끌렸는지 가만히 돌아보니 고요함과 가련한 표정이 여고생의 마음을 사로잡았나 보다. 눈빛에 사람의 성향이 들어있다고 하지 않는가.

시원스럽고 큰 눈을 가진 상대방을 마주하면 어쩐지 너그럽고 포용력이 있어 보인다. 뱀눈에 가까운 모습과 마주할 때는 명석해 보이나 간계하다는 느낌이 든다. 또한, 아이들의 반짝거리는 눈매를 볼 때면 때 묻지 않는 낙원이 보인다.

나는 사람을 볼 때 눈매를 보며 성품을 예측하는 버릇이 있다. 선할 것 같다. 두뇌가 명석할 것 같다. 혹은 이기적일 것 같다. 어설픈 나만의 눈 관상학을 펼칠 때마다 딸아이는 편협한 안목이라 나무란다. 사람은 외모가 아닌 겪어봐야 그 사람의 성향을 알 수 있다며 목소리에 힘을 준다. 맞는 말이다.

그러고 보니 그 관상학이 빗나가는 게 태반이다. 요즘 텔레비전에 보도되는 각종 범죄자나 사기범이라는 자들이 눈이 크고 시원스럽고 선한 눈매를 가졌지만, 수갑을 차고 등장한다. 나의 판단이 착오를 일으킨다. 모딜리아니가 살아있어 현대인들의 내면을 초상화로 그린다면 어떤 표정일까 궁금해진다. 모딜리아니는 그 흔한 풍경 하나 그리지 않고 오로지 인물만 그린 화가로 유명하다.

수첩의 그림을 들여다보고 있으니 모딜리아니의 애잔한 사랑 이야기가 생각난다. 모딜리아니가 운명적인 사랑을 만난 건 전시회를 준비하던 즈음이다. 지인의 소개로 한 카페서 만난 그 사랑의 주인공이 바로 열아홉 화가 지망생 잔 에퀴테른이다. 잘생긴 외모에 타고난 보헤미안 기질로 뭇 여인들을 사로잡았던 기질이 잔의 마음을 설레게 했다. 첫눈에 반한 그들은 깊은 사랑에 빠진다. 여자의 부모는 14살이나 많은 노총각에 가난한 화가의 아내가 되는 것을 반대했다. 부모의 반대를 무릅쓰고 모딜리아니를 따라나선다.

전시회 실패 후 모딜리아니는 술과 마약으로 건강이 악화하여 한겨울 땔감조차 살 수 없을 정도였다. 가난한 모딜리아니는 병이 악화하였고 임신한 아내는 어쩔 수 없이 친정에서 겨울을 지내야 했다. 아내를 볼 수 없었던 모딜리아니는 결국 병을 이기지 못하고 서른여섯에 생을 마감한다. 모딜리아니가 쓸쓸하게 세상을 떠나자 모든 희망을 잃은 잔은 그가 죽은 다음날 천국에서도 당신의 아내, 당신의 모델이 되어 드리겠다며 아파트 6층에서 몸을 던진다.

생전에 모딜리아니아는 이런 말을 했다.

"내가 당신의 영혼을 알게 될 때 당신의 눈동자를 그릴 것이다."

원래 잔은 푸른 눈동자를 지닌 여인이다. 하지만 모딜리아니가 그린 그녀의 눈동자는 검다. 어려운 현실을 견

디며 속이 까맣게 타들어 간 아내의 내면을 그렸다는 이
야기가 있다. 보이지 않는 것에서 보이는 것을 찾으려는
그의 영성이 깊다.

사람의 외모를 보고 그 사람의 성향을 재단하려는 어설
픔이 부끄럽다. 사람마다 고유한 결이 있음을 알게 한다.
고독한 모습의 잔 에퀴테른의 오늘따라 더욱 그윽하게 다
가온다.

동화 속에 빠지다

아침에 아이들이 교실에 들어서면 책꽂이 앞으로 다가가서 읽고 싶은 책을 꺼내 들고 중얼거린다. 처음 습관을 어떻게 들이느냐에 따라 달라지는 유아의 특성상 이제는 몸에 배어 있다. 아직 글을 읽을 수 있는 아이가 대여섯 명밖에 되지 않는데 동화책을 꺼내면 모두가 작가로 변한다.

아무짝에도 쓸모없는 것처럼 여겨지는 강아지 똥이 민들레꽃을 피워내는데 소중한 거름이 되어 아름답고 가치 있는 존재를 그린 권정생 선생님, 어린이의 내면 심리나 그들의 세계를 자연스럽게 담아내 따뜻하게 담아내는 존 버닝 햄을 만날 수 있는 것도 즐거운 일이다. 그림을 보며 이야기를 지어내는 녀석들의 이야기에 가만히 귀 기울이다 보면 혼자 웃음을 참느라 애쓴다. 때로는 한 권을 놓고 자기가 먼저 골랐다고 싸움이 시작되다가 곧바로 이마를 맞대고 킥킥거리며 금세 작가가 되어 여행을 떠난다. 이 천진함에 내 영혼이 맑아지고 어느덧 내 손에 동화책이 들어와 앉곤 한다.

어느 꼬마가 학교를 마치고 집으로 가는 길에 모자 가게 앞을 지나게 되었다. 꼬마가 맘에 든 것은 알록달록한 깃털이 달린 모자였지만 지갑을 열어보니 텅 비어 있었다. 마침, 가게 주인의 배려로 특별한 모자를 선물 받았다. 원하는 대로 모양과 크기, 색깔이 바뀌고 모자를 쓰고 상상만 하면 그대로 변신하는 모자다. 가게 밖으로 나온 소녀는 처음에 사고 싶은 모자를 상상하며 깃털이 훨씬 많았으면 좋겠다고 생각하자 어느새 공작새 모자로 변한다. 그뿐만이 아니다. 케이크 가게 앞을 지나며 침을 삼키자 케이크 모자를 쓰고 있고, 꽃 가게 앞에서는 꽃다발 모자를 쓰고 있다.

공원에 다다르자 특별한 모자를 쓴 사람은 소녀뿐만 아니라 모든 사람이 모양과 색깔이 다른 특별한 모자를 쓰고 있는 모습을 만난다.

인상 깊었던 동화다. 내용도 독특하지만 섬세하고 아기자기한 그림과 마주하면 순간 어린이의 영혼으로 돌아가 행복한 날갯짓을 하며 우주로 날아간다. 동화는 세상을 바라보는 여러 가지 시선 중 하나라고 한다. 규격화된 어른의 창문 너머로 바라보던 세상이 동화라는 창을 통해서 바라볼 때 전혀 다른 모습으로 다가오는 경험하기 때문이다. 오늘도 아이들의 손에 의해 닳고 있는 동화책 속에는 상상의 세계가 있고 현실의 세계가 있다. 아인슈타인은 "사실보다 중요한 것은 상상력"이라고 했다. 모든 사물에 상상력이 더해져 세상은 더욱 풍성하고 아름다워지고 있다. 상상력이 없는 세상이란 얼마나 건조하겠는가. 상상만 해도 답답할 일이다.

사람마다 특별한 모자를 쓰고 자기만의 상상의 세계를 펼치면 살아가고 있는지 모른다. 그래서일까 상상의 매력에 빠져 혼자 동화책을 읽는 어른이 되었다. 그 매력에 빠져 동화책 속으로 여행을 떠나는 시간이 잦아지는 걸 보니 유년의 내가 아직도 존재한다는 의미이다.

나도 '특별한 모자'를 쓰고 잠시 나만의 여행을 떠나보련다.

4부

복사꽃 필 즈음

언젠가 바다와 하늘이 쪽빛으로
손잡은 날, 이곳 가파도에 와서
또 다른 추억을 낚아 올릴 것이다.

늦어도 괜찮아

이어령 선생은 사람들은 일생에 세 번 동화책을 읽는다고 합니다.

어렸을 때 처음 읽고, 부모가 되어 자녀에게 읽어 주느라 읽고, 마지막으로 노년기에 큼직한 글씨로 단순 소박한 진실을 말하는 동화책을 다시 찾게 된다고 했습니다. 사람마다 다르지만 그럴듯합니다. 일생에 세 번 정도 읽는 동화를 매일 끼고 살아야 하는 직업을 가진 것도 내게 행복이라면 행복입니다.

교실 한쪽에 앉아 떠듬떠듬 동화책을 읽어 내려가는 녀석들의 모습이 대견합니다. 하지만 내가 읽어 주는 동화 내용에 흠뻑 빠져, 밝았다가 슬펐다가 일그러졌다가를 반복하며 변화되는 녀석들의 감정과 표정이 내 가슴을 더욱 뛰게 합니다. 요즘 아이들은 영악하다 애타심이 부족하다 등 여러 말들이 많지만 그래도 아이들의 영혼은 맑은 샘입니다. 그들의 눈빛에는 계산이 없습니다.

'늦어도 괜찮아 막내 황조롱이야'

엊그제 아이들과 함께 나눈 동화입니다. 학교 도서관
에 들렀는데 제목이 나를 잡아끌었습니다.

높은 아파트 화분 받침대에 황조롱이가 둥지를 틀고 알
을 낳았습니다. 부부 황조롱이는 비 오면 날개 오므려 품
어 주고 볕 따가우면 날개로 가려 주면서 한 달 가까이 품
었습니다.

어느 날 알을 품던 엄마 황조롱이가 후닥닥 일어났습
니다. 품었던 알에서 알껍데기를 두드리는 소리가 들리
고 조금 있으니까 알을 깨고 나온 것입니다. 먼저 알에서
깨어나 먼저 자란 세 마리의 새끼 황조롱이는 날아서 둥
지를 떠났는데 한 마리만 날지 못했습니다. 막내는 알로
나올 때도 늦었지만 알에서 깨어날 때도 늦었습니다. 어
미는 막내를 가슴으로 비벼대기도 하고 부리로 굴려 보
기도 했습니다.

성장이 늦은 새끼를 버리지 않고 끝까지 날 수 있도록
사랑으로 도와주는 황조롱이 부부. 말 못 할 뿐이지 자식
사랑은 우리와 똑같습니다. 안절부절못하는 막내에게 엄
마는 이렇게 말합니다.

"너도 언니들처럼 날 수 있어. 조금 늦어도 괜찮아"

후드둑 후드둑 드디어 막내가 날갯짓했습니다.

조금 늦었지만 황조롱이는 날 수 있었습니다. 떨리고 무섭고 땅이 빙빙 돌고 곤두박질칠 것만 같았습니다. 막내 황조롱이가 소리쳤습니다.

"나는 날았어!"

살다 보면 수십 번을 말해도 서툴고, 이해하지 못하는 녀석들이 종종 있습니다. 요즘엔 모든 것이 남보다 빨라야 한다고 서두르고 재촉합니다.

조금 늦으면 부모들이 불안해서 난리가 납니다. 그래서 조바심을 내고 닦달하고 맙니다. 조급하게 몰아도 막내 황조롱이는 어디든 있게 마련인데도 말입니다. 그게 내 자식에겐 허락하지 못하나 봅니다. 아무리 노력해도 다른 사람보다 늦거나 안되는 게 있습니다. 사람의 마음에는 정교한 균형추 시스템이 작동하고 있답니다. 시기가 찾아오기를 기다려야 합니다. 보듬고 다독이며 '늦어도 괜찮아'라고 격려합니다. 반드시 날아오를 수 있는 날을 믿음으로 소망하며 말입니다.

얼음 왕국

며칠 전부터 아이들이 교실에 들어서기만 하면 쉬지 않고 흥얼거린다.

"레디 꼬! 레디 꼬!"

"얘들아, 레디꼬가 무슨 노래니. 요즘 만화 영화 노래니?"

녀석들 표정이 이상하다. "그것도 몰라요. 겨울 왕국요!"요 대충 대답하고는 자기들끼리 뭉친다. 그것도 모르냐고 타박하며 쌩하고 돌아선 아이들 얼굴엔 여전히 신이 난 듯, 목소리 리듬은 모데라토에서 알레그로로 바뀐다.

딸아이가 몇 개월간 어학연수를 마치고 돌아오더니, 아들도 병장을 달고 휴가 나왔다. 둘이서 영화관에 부지런히 드나들면서 즐기는 눈치다. 요즘 영화에 관한 이야기를 나누며 저들끼리 별표로 점수를 올렸다 내렸다 한다.

마침 딸아이가 '겨울 왕국'을 보겠느냐고 묻는다. 이미 영화 제목을 들은 터라 궁금하던 참이었고, 교실에서 아이들에게 당한 설움(?)과 소통의 부재를 들려주자 둘이 배꼽을 잡는다. 화면을 보는 순간 환호성을 질렀다.

이게 몇 년 만인가.

이십여 년 전 숨소리도 들리지 않을 정도로 화면에 빠졌던 딸아이의 모습이 되살아난다. 공주의 드레스 모양이며, 머리를 묶은 리본 색깔을 분석하며 감상하던 그 디즈니 애니메이션이다.

아란델 왕국의 공주 엘사는 태생적으로 마법의 힘을 가지고 태어났다. 그 힘은 손으로 만지거나 발사할 수 있는 얼음 마법인데 주변을 얼리거나 나라 전체를 얼려 버릴 수도 있는 엄청난 힘이다. 그 힘이 점점 커져 결국 스스로 통제하기 힘들 정도가 된다.

어느 날 엘사는 동생 안나와 놀다가 실수로 동생을 마법으로 다치게 하는 일이 발생하는데 그 일로 엘사는 자신의 방문을 걸어 잠그고 방에서만 세월을 보내게 된다. 훗날 부모님이 돌아가시고 엘사가 왕위를 이어받아야 하는 대관식이 열리는 날 그녀는 처음으로 방문을 열고 세상을 나오지만 숨기고 싶은 자신의 마법을 사람들에게 들켜버린다. 또다시 사람들을 다치게 할까 봐 두려운 나머지 북쪽 산으로 도망치게 된다.

여름이었던 아란델 왕국은 마법으로 꽁꽁 얼어버린 겨울이 되어버린다. 이에 안나는 잃어버린 아란델 왕국의 여름과 언니를 찾으러 무작정 길을 찾아 나선다.

눈의 여왕 엘사역의 이디나 멘젤의 강하고 호소력 있는 목소리 그리고 안나역의 크리스틴 벨의 애절한 목소리에 내가 넋을 놓았다. 나중에 접한 소식이었지만 미국뿐만 아니라 남미, 유럽, 아시아 등 전 세계 40여 개 국가에서 흥행수익 1위를 석권하며 흥행 돌풍을 일으켰다고 한다. 그 이유가 충분하다.

하얀 피부와 금발의 미녀 일색이었던 캐릭터에서 또한 수동적으로 보호가 필요했던 캐릭터가 아닌 아란델 왕국의 여왕과 그녀의 여동생은 남성보다 더 강력한 힘을 가졌다. 운명을 선택할 힘이 있을 뿐 아니라 섬세하고 동화적인 상상력을 자극하는 개성 넘치고 살아있는 캐릭터들, 뮤지컬을 보는듯한 음악이다. 아이들이 왜 하루도 빠짐없이 입에 달고 지냈는지 이해가 간다. 은근 중독성이 있는 노래다.

오늘 밤 눈 덮인 산이 하얗게 빛나
발자국도 보이지 않아
고립된 왕국 그리고 나는 그곳의 여왕이 된 것 같아
내 안의 폭풍처럼 바람도 울부짖어

감출 수 없었어, 하늘은 내가 노력해온 걸 알아 줄 거야
받아들이지 마, 보이지 마
늘 항상 그래왔던 것처럼 너는 착한 소녀가 되어야 해
감춰, 느끼지 마, 드러내지 마
하지만 지금 그들은 알겠지
Let it go, Let it go.

내 안에도 얼음의 세계를 만들어 휘두르려는 마법의
힘이 거대하게 버티고 있다. 끊임없이 허상을 좇는 소유
욕 그에 따르는 잡념, 객기로 다른 이를 힘들게 하는 얼
음의 마법들이다. 삶의 조각들을 돌아볼 일이다.
자신을 평생 옥죄던 운명에서 자유로운 엘사의 마음을
담은 Let it go, Let it go.

복사꽃 필 즈음

꽃과 식탁, 꽃과 소녀, 복사꽃이 피었다고 일러라 등 침울한 병동답지 않게 벽에 걸려있는 그림들이 원색적이 다.

이십여 일이 지났는데 복도에는 아직도 성탄의 여운이 남아있다. '하나님의 은혜로 꼭 병 나아서 우리 신나게 놀러 가자.' '엄마가 꼭 쾌유하기를 기도합니다. 사랑합니다. 또 사랑합니다.'라는 애잔한 소망이 담긴 수십 장의 노란 쪽지들이 성탄 트리 위에 나비처럼 앉았다.

암 병동에 입원한 지 보름여 되었다. 엊그제 병상 세례를 받을 때만 해도 목사님께 농담을 건넸는데 이튿날부터 말문을 닫아버렸다. 세례를 받으려고 정신을 붙들고 있었나 싶다.

삼십 대 초반 자궁암 말기 수술을 받고 사십여 년을 넘게 버티었다. 3년 전부터 방광이 제 기능을 하지 못해 소변 주머니를 매달고 한쪽 다리에 마비가 오기 시작하자 세상을 등지고 싶다며 절망하기도 했지만, 마음을 다스리며 병마와 동거하기 시작했다. 가끔 세 발 오토바이를 타고 과수원을 돌아보고 바닷가도 다녀오신다.

어느 날, 다리에 심한 고통으로 병원을 찾았더니 암이 온몸으로 전이 되었다고 했다. 어머니는 물론 자식들도 방사선 치료 후유증이라고만 알고 있었다. 오랜 세월 정밀검사를 받을 수 있도록 챙겨드리지 못한 마음에 죄스럽다.

따뜻한 물수건으로 어머니의 몸을 닦아 드릴 때마다 풍선처럼 부어오른 다리는 곧 터질 것 같고, 몸 여기저기에 호두알처럼 튀어나온 모습을 바라볼 뿐 아무것도 대신해드릴 수가 없다. 다행히, 가슴에는 진통 패치를 붙이고 수시로 혈관을 통해 보내는 진통제의 효과로 그렇게 고통스러워하던 모습이 잠잠하다. 손주들이 병원을 찾을 때마다 편안한 모습의 할머니를 기억할 수 있어서 마음이 놓인다.

일찍 어머니를 여의고 유년 시절을 슬픔으로 보내야 했고 그리움을 달래려고 밭고랑에서 하염없이 울었다고 했다. 밭일을 끝내고 이웃 마을까지 걸어서 야학하러 다녔던 기억을 더듬으며 목이 메어 말씀을 잇지 못하기도 했다.

어머니의 얼룩진 삶의 여정은 결혼 후에도 이어졌다. 종종 만취한 모습으로 퇴근하는 남편과 마주해야 하는 일상, 한동안 남편의 바람기를 감당해야 하는 버거움, 늡늡한 성품이지만 배신감과 분노를 삭이기 위해 자신과 싸움을 하는 동안 암세포가 비집고 들어와 버린 것이다. 오랜 세월 누가 이기나 내기라도 하듯 재발과 치료를 반복하며 씨름했지만, 그 녀석에게 자리를 내어 주어야 하는 시간이 가까웠는지 매달려 있는 수액처럼 어머니 얼굴에 핏기가 없다.

한평생 어머니 가슴에 쌓인 슬픈 더께도 진통제 속에 녹아 기억되지 않았으면 좋겠다. 3층 유리창을 통해 변화하는 바다 빛과 멀리 별도봉을 내려다볼 수 있어서 좁은 병실이지만 숨통이 트인다.

오후 들면서 살눈이 바람을 타고 내린다. 창문 쪽으로 눈길을 돌리더니 손짓으로 바깥을 가르친다. 눈 내리는 모습이 아름답다는 표정이다. 얼굴에 미소가 번진다. 어머니의 호흡이 얼마 남지 않았음을 담당 의사의 표정에서 짐작할 수 있지만 그래도 겨울은 피했으면 좋겠다.

'복사꽃이 필 때 즈음 이 세상 소풍을 마치게 하옵소서.'

그리고

그리고

시린 겨울을 이겨낸 나무에서 봄의 전주곡이 수놓기 시작할 때 어머니는 분홍 무명 꽃신을 신었다.

사랑의 묘약

"아들, 생일 축하한다."

아침에 카톡으로 딱 한 줄 남겼는데 서울에서 직장 다니는 아들이 점심시간에 짬을 내 전화로 고맙다고 인사한다.

소고기미역국을 좋아하는 아들인데 고등학교 졸업 후 대학과 군대, 직장생활로 이어지는 객지 생활은 앞으로 아들 생일에 미역국을 끓이는 일이 몇 번 없을 것 같은 예감이 든다.

첫째를 낳고 시댁에 들어가야 하는 형편이 되었다. 첫 아이를 낳고 두 번 계류 유산을 한 터라, 둘째를 포기하고 있었는데 다행히 녀석을 얻게 되었다. 생명을 얻은 기쁨도 잠시, 산후 몸조리가 부족했는지 팔 저림이 오고 젓가락질을 하다 떨어뜨리는 일이 잦았다. 가뜩이나 피곤

한데 녀석은 왜 그리 칭얼대는지, 남편이 출근하고 나면 온종일 두 아이와 종종대며 하루를 지낸다. 몸에서 반응이 왔다. 초기 산후 우울 증세라 했다. 본능적인 모성애로 마음의 그늘을 떨쳐내려고 스스로 조절하며 아이들과 눈 맞춤하려고 발버둥 쳤다. 이겨내야 한다고 스스로 다독여 보기도 했다.

불편한 환경에 마음이 편할 리 없다. 온 식구가 함께 사용하는 실외 화장실, 마당 한쪽에 방 한 칸, 부엌 한 칸에 단열재가 없는 스레이트 지붕, 그렇게 임시로 마련한 집은 겨울에는 웃풍에 코가 시렸고, 여름에는 햇빛에 달구어진 열기에 방안은 찜질방으로 변신시켰다. 바느질하는 시어머니는 이른 아침 시장으로 나갔다가 저녁 즈음 들어오시고, 친정어머니는 아버지의 직장 따라 육지에 살고 계신 터라, 물리적 환경과 친정어머니의 부재로 우울감이 더해졌는지도 모르겠다.

시집이란 낯선 환경은 적응하는 시간이 필요했고 그 과정은 언제나 불편한 마음이 앞서곤 했다. 그런 마음이 버거움으로 짓눌렀던 모양이다.

어느 날, 친한 후배가 출산을 축하한다며 돌잔치 해도 될 양의 소고기와 잘 익은 김치 한 통을 들고 방문했다. 생각지도 않은 방문에 깜짝 놀랐다. 언니와 한집에 사는 후배는 친한 선배가 출산했다는 소리를 한 모양이다. 한

보따리 들고 나타난 그녀의 방문은 고단하고 지친 몸과 마음에 생기를 되찾게 했다. 상상했던 결혼생활과 마주한 현실은 다소 낯섦으로 하루에도 몇 번씩 널뛰기하는 감정을 안고 지내는데 그녀에게 넋두리를 쏟아 놓고 그녀의 위로에 마음을 추스르게 되었다.

그 선물 또한 잃었던 입맛을 되살려준 마력처럼 아들 수유의 원동력이 되었다. 가끔 소고기미역국을 대할 때마다 어스름한 방에서 몸조리하며 몇 달 동안 우울한 감정으로 살았던 시린 시간에 사랑의 묘약을 건네준 후배의 모습이 교차한다. 지금도 가끔 떠올리면 콧등이 시큰해진다. 여태 고마움을 갚지 못한 채 살아가고 있다.

오늘 저녁은 소고기미역국을 끓여 아들의 생일을 축하하며 건강한 삶을 위해 기도해야겠다.

할머니의 향기

　방학이 되면 해야지 하며 차일피일 미루던 옷장 서랍을 정리했다.

　이게 얼마 만인가. 맨 아래 박혀 있던 베갯잇을 발견했다. 친정 할머니 살아계실 때 만들어 주셨으니 세월이 많이 지났다. 유난히 바느질 솜씨가 뛰어났던 할머니다. 어느 날 당신의 수의壽衣를 준비하며 경건함과 초연함으로 한 땀 한 땀 바느질하시던 모습이 지금도 옆에 계신 것처럼 생생하다. 상을 당했을 때 썼던 베 두건에다 알록달록한 바이어스가 둘러있고 아직도 빳빳한 게 풀기가 남아 있는 듯하다. 장마가 지나고 여름이 시작되면 할머니는 풀을 먹인 베갯잇으로 갈아 끼워 주시곤 하셨다.

　풀을 먹이는 옷감은 그뿐만이 아니다. 계절이 바뀌면 으레 꺼내는 하얀 모시 적삼, 삼베로 만든 여름용 반소매와 속옷들을 며칠에 한 번씩 꼬박꼬박 풀을 먹이고 다림질을 하신다.

어릴 적, 어른들 옆에서 식은 쌀밥을 풀 주머니에 담아 주무르면 뽀얀 물이 나오고 말랑말랑한 풀 주머니 촉감은 할머니 젖가슴처럼 부드러웠다. 내가 또래들보다 많은 경험을 할 수 있었던 것도 할머니 덕택이 크다. 부지런하면서도 당당함과 품위를 지녔던 할머니의 모습이 선하다.

첫 발령지에서 자취하게 되었다. 그 당시 할머니가 만들어 주었던 요 깔개는 아직도 두고두고 생각이 난다. 개업식, 운동회 등 각종 행사가 새겨진 수건을 이어서 박음질하고 풀을 먹이면, 뻣뻣한 깔개로 변신해 여름에는 돗자리 못지않은 시원한 잠자리를 제공한다. 자취방에 놀러 왔던 선생님들이 할머니 표 깔개를 보며 탄성을 지르기도 했다.

친정에 갔다가 할머니가 사용하던 다듬이를 아파트로 가져왔다. 지금은 토분 받침대로 용도가 바뀌어 베란다를 지키고 있다. 저 녀석을 보고 있노라면 할머니를 도와 즐겁게 하던 일이 생각난다. 겨우내 덮었던 이불 홑청을 빨아 풀물을 먹이고 촉촉이 마르면 반듯하게 접어 다듬이 위에 올려놓고 할머니와 나는 툇마루에 마주 앉아 톡! 탁! 톡! 탁! 방망이로 주고받는다. 그 소리가 참 경쾌하고 맑았다.

계절을 준비하는 다듬이 소리는 리듬 악기가 되어 담
장을 넘는다. 고단한 농사일에 식구들 잠자리까지 일일
이 손빨래를 하고 풀을 먹이고 다듬이질에 바느질까지
끝없이 이어지는 노동의 삶, 그런 삶을 숙명처럼 묵묵히
살아낸 할머니와 어머니의 뒤틀린 손마디에는 아픈 역사
가 숨어 있다.

　집안 곳곳에 버튼만 누르면 해결되는 풍족한 시대를
살아가고 있는데도 정작 건조해진 일상은 어디서 원인을
찾아야 하나.

　경쾌한 다듬이 소리가 듣고 싶어지는 날이다. 기왕 옷
장 서랍을 열었으니 팔을 걷어 올리고 천천히 할머니 흉
내를 내어 봐야겠다.

그 아이들

내일이면 딸아이가 단기선교를 떠난다.

신종플루로 나라가 떠들썩하다. 염려하는 소리를 했더니 오히려 심드렁하게 반응한다. 배낭을 꾸려 현관 입구에 대기시켜 놓는다. 지난 겨울방학 때 유럽 배낭여행을 다녀온 터라 짐 꾸리는 손놀림이 익숙하다.

딸의 일정을 들여다보니 몇 년 전 친구들과 짧은 일정으로 캄보디아를 다녀왔던 기억이 새롭다. 사진으로 유혹하는 웅장한 앙코르 돔을 직접 보고 싶었다. 역사는 유물을 남기고 교훈은 숨겨둔다고 했지. 찬란했던 앙코르 문명의 장엄한 실체를 만났지만 서늘한 기운이 마음 한 구석을 스쳤다. 근·현대사의 질곡과 함께 1970년대 동족 대학살과 광기 어린 폭풍의 현장을 확인했기 때문이다.

킬링필드, 오래전에 보았던 영화라 장면이 희미하다. 미국의 기자와 캄보디아 출신 기자의 우정으로 전쟁의 참혹한 비극을 사실감 있게 고발했던 것으로 기억된다. 위령탑 유리문으로 희생자들이 유골이 눈에 들어왔다. 유골과 함께 아직도 삭지 않은 희생자들의 옷가지들도 보였다. 안경을 썼다는 이유로 죽이고, 어린이들까지 고문했다고 한다. 처형 직전 그들의 모습을 사진을 남기는 등 처참했던 당시 상황에 진저리쳤다.

캄보디아를 먼저 다녀온 어느 선생님이 그곳에서 만난 아이들이 눈에 밟힌다며 학용품을 보탠다. 내친김에 옷장을 열어 티셔츠 몇 장도 짐 속에 넣었다.

위령탑 주변에서 표정 없이 흙 놀이를 하거나 관광객을 쳐다보며 도움을 구하는 아이들을 만났다. 학용품을 꺼내 보이자 호기심 어린 눈으로 모여든다. 학용품을 받아 든 얼굴에 웃음이 번진다. 먼저 받은 녀석이 공책을 얼른 옷 속으로 감추고 다시 줄에 끼어든다. 모른 척하려는데 가이드가 핀잔을 준다. 그 모습을 보고 있는 젊은 여인이 젖먹이를 안고 서 있다. 티셔츠를 내밀자 활짝 웃으며 얼른 받고 겨드랑 사이에 끼운다. 얇은 공책 한 권, 색연필 몇 자루, 티셔츠 한 장에 밝아진 표정을 본다. 짐을 싸다 무거워 덜어낸 공책 묶음이 밟힌다. 매일 위령탑 주변에서 놀고 있는 아이들, 유골을 마주하며 무슨 생각을 하고 있을까. 그리고 어떤 꿈을 꾸고 있는 것일까. 아이들의 속마음을 가이드 통역으로 듣지 못하고 돌아온 것이 아쉽다.

  딸의 배낭 옆에는 선교팀에 합류하지 못한 성도들이 보내는 선물 봉지가 보인다. 저들을 위한 사랑이다. 선물을 받고 웃음 짓는 얼굴이 벌써 그려진다. 서로에게 어깨를 빌려주며 회복의 시간을 보내게 될 것이다. 새로운 세상을 향해 꿈을 꾸며 새 땅과 새 하늘을 함께 소망할 수 있는 마중이 되었으면 한다.

  몇 주에 걸쳐 준비했던 훈련으로 제자의 발을 씻어 주던 하늘의 그분을 흉내 낼 수 있을까마는, 한 걸음이 중요하다. 조금씩 쌓이는 게 소중하다. 척박한 마른 땅에 선교팀이 뿌린 씨앗이 그 아이들을 통하여 움트게 되기를 빌어본다.

프레임

　토요일이라 마음이 여유롭다.

　퇴근길에 오랜만에 시댁에 들렀다. 마당에 들어서는데 울타리에 심어놓은 모과나무와 감나무가 눈에 들어온다. 감나무는 몇 년 전 아주버님과 터를 잡고 방향과 모양새를 맞추느라 이리저리 돌려가며 심었다. 모과며 매실은 동서와 함께 땅을 파느라 애쓴이 숨어 있어 열매로 보답하는 녀석들을 보니 반갑기 그지없다. 햇살이 들끓는 한낮의 고요 속에서 튼실한 해바라기는 잠시 휴식을 취하고 있는지 나른한 모습으로 고개를 떨구고 있다.

　사랑하는 사람을 기다리다가 순간의 어긋남으로 죽음을 맞이한 후 그녀의 무덤에 피어난 꽃, '멀리 떠나간 친구를 그리워함'이란 꽃말을 가진 꽃, 그렇게 그리워하던 친구가 찾아온 걸까, 진홍색 족두리를 한 백일홍은 나비의 속삭임에 활짝 웃고 있다.

시장에서 바느질하시는 시어머님이 돌아오려면 아직 멀어 아무도 없는 집안을 이리저리 둘러본다. 위에서 땅에서 뿜어내는 열기가 내기라도 하듯 대단하다. 무더위에 땀이 등줄기를 타고 주르르 내린다.

늘 부지런하고 센스 있는 동서는 자기 성향에 따라 단순하면서도 정갈하게 집 둘레를 꾸몄다. 해마다 가꾸고 다듬어 놓은 덕에 시댁에 올 때마다 운치 있고 정겨운 모습을 감상할 수 있어 좋지만 너른 마당은 이쪽에서 풀을 뽑으면 저쪽에서 풀이 돋아난다. 가꾸고 정리하는 것도 동서의 몫이라 늘 미안한 마음이다.

울타리 한 바퀴 빙 돌아가며 심은 광나무, 주변을 호령하듯 서 있는 집 앞 소나무와 향나무, 버섯 모양으로 자란 담팔수, 마당 구석구석 별을 뿌려놓은 민들레, 만지면 싸한 향기로 대답하는 로즈메리, 그리고 자기들이 살아있음을 끈질기게 주장하는 풀과 어우러져 있다.

처마 밑에 혼자 앉아 물끄러미 쳐다보고 있노라니 마당 안과 밖의 모습들이 그림처럼 내 안으로 들어온다. 잘 다듬어지고 깨끗이 정돈된 아파트에서의 삶이 편하지만, 마당에 흙을 보니 매일 만나도 질리지 않는 친구처럼 편안하다.

이 또한 내 속에 있는 고요한 프레임이 작동한 걸까. 늘 봐 오던 익숙한 모습인데 오늘따라 다른 빛깔로 다가

오는 걸 보면 자연에서 인간은 혼자 잘난 존재가 아닌 꽃잎처럼 초록 잎처럼 젖과 꿀이 흐르는 대지와 함께 엮어가는 피조물이다.

오늘 아침 아이들과 함께 읽었던 그림책 내용이 생각난다. 그도 그랬다. 늘 잔디밭에 누워 빛이 나뭇잎 위에서 노니는 모습을 지켜보며 햇빛과 그림자와 바람의 움직임에 따라 나뭇잎이 달라진다는 사실을 알고부터 자라는 내내 빛이 아름다움에 마음을 빼앗겼다고 했지.

빛에 따라 끊임없이 달라지는 자연의 모습을 화폭에 담는 데 평생을 바친 모네처럼 이 한낮 그의 내면세계에 들어가 조용히 나만의 프레임을 발하고 있는 중이다.

회상

남편이 근무하는 섬으로 동행했다.

부둣가에 도착하자 비릿한 냄새가 진하다. 비 오는 날 씨 때문인지 여객선 내부도 한산하다. 출렁이는 파도 위를 달려 15분여 만에 섬에 닿았다. 여객선에서 내리자 장대비로 바뀐다. 거친 바람 때문에 연이어 밀려오는 파도는 방파제에 부딪히며 설원을 만든다.

저녁에 만나자고 농담을 건네며 남편은 교문 안으로 들어서고 나는 관사로 향했다. 관사 문을 열자 퀴퀴한 냄새가 코를 찌른다. 남자 혼자 사는 티가 역력하다. 두어 시간쯤 쓸고 닦느라 허리가 뻐근하다. 거실에 앉아 커피를 진하게 내리고 비가 내리는 마당을 무심히 바라본다. 지붕에서 낙숫물이 떨어지며 작은 웅덩이를 만든다. 아파트 생활 탓에 마당에 떨어지는 낙수의 풍경을 바라보는 것도 참 오랜만이다. 쉴 없이 사방으로 튕기는 빗방울이 왈츠를 추는 무용수의 몸처럼 경쾌하다. 우두커니 앉아 있으니 불현듯 아버지가 살았던 관사에 와있는 착각에 빠진다. 방 두 칸, 볕 잘 드는 거실, 채소를 심을 수 있는 조그마한 텃밭, 구조가 비슷하다.

방학이 되면 부모님을 뵙기 위해 육지로 나들이를 했다. 그곳에는 갈 때마다 변함없이 반겨주는 섬진강이 있다.

그대 정들었으리.
지는 해 바라보며
반짝이는 잔물결이 한없이 밀려와
그대 앞에 또 강 건너 물가에
깊이깊이 잦아지니
그대, 그대 모르게 정들었으리.
-김용택, 〈섬진강 3〉 부분

김용택 시인처럼 지는 해와 반짝이는 잔물결을 마주하다 보니 섬진강에 깊이 정이 들고 말았다. 긴 강을 본 적 없는 섬 아이는 섬진강을 처음 만난 후 "있잖아, 끝도 없이 긴 강…."이라고 되풀이하며 친구에게 벅찬 마음을 설명하지 못해 안타까워했다. 강가에 펼쳐진 은빛 모래와

노를 저으며 강을 오가는 사공의 여유로움이 수묵화가 되어 마음으로 번져갔다.

청소년 시절, 아버지가 사는 관사로 가다 보면 지리산 자락의 하동 평사리 벌판을 만난다. 근대사 격랑이 시대의 아픔을 써 내려간 『토지』 작가의 처절했던 민족의 한을 되새겨 보게 한다. 가슴 조였던 서희와 길상이의 외출타기 사랑이 아련하게 스친다. 대지주였던 최 참판 댁의 흥망성쇠를 떠올리며 쓸쓸하기도 했고 세월 앞에서는 아무리 강한 것도 부질없음을 깨닫기도 했다.

결혼 후에도 나들이는 이어졌다. 아침저녁으로 아이를 유모차에 태우고 산책하던 쌍계사, 마당에 서 있는 수백 년 된 은행나무를 짝사랑하기 시작했다.

어느 날, 나무 아래서 숨 고르기를 하고 위를 올려다보니 나뭇가지 사이에 고사리를 품고 있다. 말없이 사랑과 자비를 가르치며 긴 세월을 수행한 고목 아래에서 나는 세상과 인생에서 더욱더 낮아져야 함을 배웠다. 숲 터널을 지나 대웅전을 향하는 사람들을 만난다. 저들이 품고 온 간절한 기도의 제목은 무엇일까. 만나는 사람마다 합장하며 경건하게 예를 갖추는 모습이 불자가 아닌 내게도 엄숙하게 다가왔다.

어머니가 오랜만에 마주한 딸을 위해 갖은 음식을 만들어 주시던 관사의 풍경이 그립다. 여름이면 손이 많이

가는 바닷장어탕을 만들어 내놓지만, 익숙하지 않은 방아 잎의 독특한 향 때문에 번번이 숟가락을 놓고 말았다. 지금은 그 향이 어머니의 냄새가 되고 아버지가 머물렀던 그 지역의 그리움이 되어 버렸다.

그 시절을 잊지 못하는 또 다른 맛이 있다. 늦가을 장독대 위에서 밤을 지낸 살얼음이 덮인 대봉감의 맛은 아직도 잊을 수가 없다. 떫었던 감이 어머니의 손길을 거쳐 뭉근하게 익어가고 그 속에 달큼하게 밴 맛이 어머니 마음이었다.

남편이 사는 관사에 잦은걸음을 하는 이유도 지나간 시간의 깊은 기억 속에서 또 다른 나를 건져 올리고 싶은 것이다. 줄줄 흐르던 낙숫물 소리가 스타카토 연주처럼 똑똑 끊긴다. 내려앉았던 구름이 멀어지고 빗줄기도 가늘어졌다. 남편이 퇴근할 즈음 비가 그칠 것 같다. 모든 것을 집어삼킬 것 같던 파도도 잠잠해지기 시작한다. 파도가 들려주는 화음을 벗 삼아 남편과 산책길에 나서야겠다.

언젠가 바다와 하늘이 쪽빛으로 손잡은 날, 이곳 가파도에 와서 또 다른 추억을 낚아 올릴 것이다.

아버지를 추억하다

책상에 쌓인 책들을 정리하는데 사진첩이 섞여 있다. 낡은 사진첩을 정리하려고 사다 놓았는데 깜박하고 있었다. 종일 비 예보도 있으니, 이참에 손을 대어야겠다. 거실 바닥에 방석을 잡아당기고 사진 선별 작업에 들어갔다. 오랜만에 결혼 사진첩을 폈더니 곰팡내가 훅 풍긴다.

신랑·신부가 손잡고 동시 입장하는 사진이다. 1980년대 신랑·신부가 동시 입장은 생소한 광경이었다. 친정아버지가 남녀평등을 운운하며 그럴듯한 설득에 동시 입장을 하게 되었다. 새 사진첩으로 옮겨 놓고 가족사진을 들여다본다. 딸을 시집보내는 마음이 아쉬웠는지 사진 속 어머니는 눈이 빨개져 있고 아버지 얼굴은 다른 사람들보다 유난히 붉게 나왔다. 아마도 숙취가 안 풀린 모양이다. 당신 옆에서 딸을 키우지 못한 미안함을 에둘러 남녀평등 운운하며 신랑에게 슬쩍 넘긴 아버지 속 깊은 마음을 잘 안다.

사진을 보고 있노라니 아버지에 대한 기억이 파노라마처럼 펼쳐진다. 아버지의 젊은 시절은 가장으로 경제적 책임을 다하지 못한 채, 바람을 품은 방랑자로 어머니를 힘들게 하였다. 시어른을 모시고 온갖 농사일을 감당하는 아내와 올망졸망한 세 자녀를 두고 어떻게 그런 바람을 품었을까. 이유가 있다면 인간이 갖고 태어난 원죄에 이유가 있음이다. 아버지는 사표와 복직을 반복하며 연고 없는 육지로 발령을 받게 되었다.

내게 갈등이 찾아왔다. 부모님을 따라가야 할지 할아버지 할머니 곁에 남아야 할지를 고민하다 할아버지 할머니 곁에 남기로 마음먹었다. 아버지 때문에 힘들어하시던 어머니의 삶을 보며 어린 마음에도 왠지 아버지 곁이 싫었다. 결국, 어린 두 동생만 데리고 떠났다. 아버지가 몸이 아파 명예퇴직하실 때까지 지리산과 섬진강을 끼고 있는 아름다운 지역에서 수십 년을 사셨다.

중학교 시절부터 방학이 되면 혼자 부모님을 뵈러 가는 길은 설렘으로 들떴다. 비행기를 타는 것, 다른 지역을 탐방하는 것은 신나는 일이었다. 부모님은 온갖 반찬과 간식을 준비해 놓고 딸을 맞이한다. 내가 여행을 즐기게 된 계기도 다른 친구들보다 일찍 뭍 나들이를 시작한 이유도 있겠다.

그해도 여름 방학을 맞아 부모님을 뵈러 올라갔다. 아버지는 늘 시골 학교에서만 근무하셨던 터라, 어느 날 아버지와 둘이서 시내 나들이하게 되었다. 한 식당으로 들어가시더니 아버지는 내 의향도 묻지 않고 냉면을 주문했다. 처음 먹는 비빔냉면은 잘 씹히지도 않고 입안이 얼얼할 뿐 별맛을 느끼지 못했다. 아버지는 딸을 위해 특별한 나들이를 하셨던 것이다. 생소했던 맛 때문인지 지금도 냉면을 먹을 때마다 중학교 2학년 그 여름이 떠올라 웃음 짓곤 한다.

내가 첫 발령을 받던 해다. 멋있는 필체로 아버지가 보내준 편지가 아스라이 떠오른다.

'일찍 출근해라. 운동장에 늦게 들어오는 모습은 게으른 교사로 보인단다. 소리 나지 않은 실내화를 준비해라. 따닥거리는 실내화 소리는 다른 교사에게 거슬린다. 교무실에 어지럽힌 모습이 보이면 다른 선생님보다 먼저 정리해라.'

아버지는 초임 교사로서 지켜야 할 사항들을 조목조목 보내주셨다. 딸의 실수를 줄이고 직장에서 칭찬받는 교사가 되길 소망하는 아버지의 마음이 담겨 있었다. 아버지 조언 덕분에 먼 곳에서 출근할 때도 일찍 출근하려고 노력했다. 돌아보면 모두 옛날이야기다. 요즘 새내기 직장인들에게 그런 이야기를 하면 어느 조선 시대 이야 기냐고 웃음거리가 되고 말 일이다.

　나와 대화할 때는 유독 짧은 문장을 사용하신다. "알아 서 해라. 생각해서 해라." 간단하게 툭 던질 뿐 훈계나 지 루한 사족을 붙이지 않는다. 그래서인지 말 많은 남자를 싫어하기도 했다.

　아버지는 뇌경색으로 병석에서 오랜 시간을 보냈다. 병원을 찾을 때마다 병색이 짙어가는 모습을 보며 병원 밖을 나와 혼자 울음을 삼켜야 했다. 굴곡지지 않은 삶이 어디 있으랴. 풍파 많았던 아버지의 삶이 콧줄에 의지해 겨우 목숨을 연명해야했던 현실 앞에 인생이 덧없음을 실감해야 했다.

　이 비가 그치고 나면 가을이 한달음에 깊어질 것 같다. 그러고 보니 아버지의 기일이 다가온다.

　사진 속 아버지는 건장한 모습으로 어머니와 다정하게 앉아 있다.

외도 재봉

곧 시작될 장마를 앞두고 햇살과 마주하니 몸과 마음
이 바쁘다.

장마가 오기 전 오름에 다녀와야 하고 겨울용 이불들을
빨아 볕에 말려두어야 한다. 그뿐이랴 겨울옷이며, 카페
트 등 계절을 앞두고 교체해야 할 것들이 제법이다. 우선
얇은 이불들을 꺼내 볕을 쬐 바람 들여야 한다. 이불장을
열었다. 작년에 세탁해 놓은 이불마다 눅눅함이 배어있
다. 기왕 정리하는 김에 모든 이불을 꺼냈다. 몇 년 동안
사용하지 않은 이불은 이제는 버려야 될 것 같다. 맨 아래
칸에 놓여 있는 이불을 꺼냈다. 이 이불 또한 한 번씩 꺼
내 볕을 맞고 다시 들어가 자리를 차지하는 이불이다. 두
툼하기도 하지만 어쩐지 막 사용기가 부담스럽다.

몇 년 전, 시어머니가 시누이와 세 며느리 몫으로 이
불 홑청 네 개를 만들었다. 큰 며느리인 내게 마음에 드

는 무늬를 먼저 선택하라 한다. 오래된 공단 한복들을 모아 두었다가 조각으로 이어가며 만든 홑청이다. 거실에 홑청을 펼치고 선택에 고민한다. 이 무늬를 선택하면 저 무늬가 더 고와 보여 여러 번 바꿔치기하며 웃었다. 그야말로 청색 홍색 구시대 신혼 이불이다. 다양한 색과 모양이 조화를 이룬다. 서로 다른 조각들이 불규칙적으로 나열되어 있지만, 구성이 경쾌하다. 화려하면서 담담하게 짜 맞춘 배색의 미학이 지루하지 않다. 삶의 궤적을 조각 조각 이어댄 듯, 아름다움이 절묘하게 담아있다. 귀한 물건을 살짝 꺼내 보듯 계절이 바뀔 때만 이불을 펼쳐 놓고 이상 없음을 확인하고 다시 제자리에 놓는다.

시집와서 보니 시어머니는 동문 시장에서 바느질하고 계셨다. 수의壽衣를 만드는 전문가였다. 수의는 윤달에 주문이 많다. 주문 양이 많을 때는 온종일 시장에서 일하다가 남은 일감을 들고 와서 시아버지와 밤늦도록 재봉틀 돌리는 모습을 보았다. 정신없이 수의 작업이 끝나서 숨 고르고 나면 조각 천을 이어 시어머니만의 독창적인 예술작품이 시작된다.

감물들인 천으로 짙은 색과 옅은 색을 배열하여 만든 방석 커버, 입히기 아까운 앙증맞은 딸아이 원피스, 바이어스를 두른 시원한 삼베옷, 덕분에 아이들은 할머니가 만든 옷을 입고 여름을 났다. 누가 만든 솜씨냐며 이웃들에게 부러움을 사기도 했다. 시어머니 예술품은 그뿐만이 아니다. 알록달록한 갑사 조각 천을 이용하여 기하학적 무늬 조각보를 만들어 친척들에게 나눠 주기도 한다. 흰 광복 조각 천을 이용하여 덧버선 여러 켤레 만들어 바구니에 담아 놓아두면 짝을 찾느라 뒤적거리는 재미도 있다.

시어머니 작품이 집안 곳곳에 머물러 있다. 흰 명주로 이은 조각 행주, 수건을 누빈 발판, 초록 천으로 감싼 낡은 카페트는 명절이 되면 손주들의 윷 놀이판이 되고 가끔은 시어머니와 이웃 할머니들과 시간을 보내며 화투를 펼친다.

며칠 전 시어머니가 일하는 시장에 들렀다. '외도 재봉' 간판이 눈에 들어온다. 요즘 수의 주문이 들어왔다며 재봉틀에 앉아 있다. 등이 많이 굽었다. 그래도 재봉틀에 앉아 있을 때가 가장 편하다고 하니 전문가가 맞는 것 같다.

시장에서 재봉틀과 함께한 세월이 팔십 후반에 들어섰다. 좁은 공간에서 중년을 보내고 노년의 세월을 보내고 계시다. 양쪽 무릎 수술을 받았을 뿐 아직 치매가 없어 다행이다. 젊은 시절 빚보증에 가슴앓이를 많이 했다고 들었다. 아마도 시장을 오가며 재봉틀에 그 아픈 상처를 한 땀 한 땀 박으며 삭혔을 것이다. 재봉틀에 앉아 작품에 몰입하는 모습이 성스럽기까지 하다.

세월이 많이 흘러 동문시장 곳곳이 현대화되었다. 시어머니가 일하는 공간은 냉난방이 설치되었고 시장 골목마다 비 가림이 되어있어 장을 보는 데 편하다. 요즘엔 관광객들이 찾는 코스가 되었다고 한다. 얼마 동안 시장에 드나들 수 있을지 모르겠지만 아직은 당신만의 행복 조각을 이어가고 있다.

'외도 재봉' 간판을 가만히 올려다본다. 시어머니와 오래 벗하길 소망해 본다.

진화되지 않은 맛

수돗물이 가정에 들어오기 전에는 빨래터가 온 동네 소문의 근원지 역할을 했는데, 시대가 변해 요즘엔 사우나, 미용실로 바뀐 것 같다.

지난 주말, 파마하기 위해 미용실에 들렀는데 손님이 북적인다. 차례를 기다리는데 손님들이 주고받는 이야기를 자연히 들을 수밖에 없었다. 친구 남편의 바람기, 재산 분할에 따른 형제간의 갈등, 다이어트를 위해 노력하고 있는데 조짐이 보이지 않는다는 등 건너들은 이야기와 자신들의 경험담이 계속 이어진다.

바람피우는 남편의 이야기를 듣고 있자니 마음이 서늘해진다. 유년 시절, 그 숨 막히는 고통을 어머니가 경험했기 때문이다. 아픈 사연을 듣고 있는데도 사람들의 표정은 사족을 달아 가며 은근히 즐기는 눈치다.

한참 수다 중인데 저녁 준비가 걱정된 걸까. 음식으로

화제를 바꾼다. 한 손님이 하소연한다. 콩국을 끓였는데 맛이 이상해서 먹어 보지 못한 채 다 버렸단다. 육지에서 이사 온 어느 주부는 제주의 건강 음식 중 콩국을 소개받았다고 한다. 옆집 아주머니가 가르쳐 준 대로 콩국을 끓였지만 밍밍한 맛이 다시는 못 먹겠다고 고개를 젓는다. 이야기를 듣던 손님들이 여기저기서 비법을 알려 주느라 목소리를 높인다.

주부의 삶 속에는 끼니마다 은근 음식에 대한 고민이 있다. 미용실에서 듣던 수다 덕분에 저녁에 콩국을 끓였다. 냉동실에 보관해 두었던 콩가루를 꺼내고 마침 텃밭에서 가꾸었다며 친구가 건넨 배추도 있다. 다시마와 멸치로 국물을 우려낸다. 배추는 칼이 아닌 손으로 서걱서걱 뜯어 끓는 물에 먼저 넣고, 콩가루를 걸쭉하게 만들어 배추 위로 풀어 놓는다.

조금만 한눈팔아도 금방 넘치는 콩국은 냄비 앞에서 꼼짝없이 눈 맞춤을 하며 정성을 쏟으라 한다. 순두부처럼 부풀어 오르는 순간 소금과 간장을 솔솔 부어 가며 넘치지 않도록 비위를 맞춘다. 콩 비린내가 나지 않도록 눈치껏 마무리를 잘해야 하지만 긴장한 탓인지 냄비 뚜껑을 열었다 닫기를 반복하며 아직도 서툴다. 콩국은 배추나 무가 짝꿍이다. 배추나 무 대신 고사리나 미역을 넣으면 어떤 맛을 낼지 엉뚱한 상상을 해본다. 시대가 변해도 이들의 짝은 변하지 않을 듯싶다.

육지에서 왔다는 주부가 밍밍해서 못 먹겠다던 맛, 그게 제주의 맛인 것이다. 할머니의 시대를 거쳐 지금까지 진화되거나 더 발달하지 않은 맛이다. 진화됐다면 멸치와 다시마로 육수를 내는 정도다. 그 맛이 고향처럼 언제나 제자리를 지킨다.

겨울이 되면 콩국 끓이는 모습을 자주 보았다. 손수 농사지은 콩으로 메주를 만들고, 겨우내 먹을 콩가루를 빻아 놓는다. 눈雪 맞은 배추와 절묘한 궁합을 이룬다.

아궁이에 불을 때고 가마솥에서 음식 만들 때마다 할머니는 옆에서 지켜보게 하였다. 여자는 다 배워 놓으면 쓸 데가 있다며 뭐든 배워 두라고 강조한다. 힘든 세월을 살았던 할머니는 배워야 살아갈 수 있음을 알고 그 한을 가족들에게 일깨웠던 것이리라.

잔소리가 약이 되었을까. 어렴풋한 기억을 더듬으며 제주의 음식들을 흉내 내고 싶어진다. 나이 탓인가. 점점 할머니의 손맛이 그립다. 따뜻한 콩국 한 그릇에 밥을 비우는 남편의 모습을 보니 덩달아 배부른 느낌이다.

콩국은 날씨가 쌀쌀할 때 제대로 맛을 낸다. 토요일 오후 넉넉하게 끓여 친구를 부르고 한바탕 수다를 떨어 볼까.

다만 콩국처럼 질리지 않는 수다를 생각해 볼 일이다.

작품 평설

조영랑 수필집 『홀가분한 오후』 작품 평설

수필에 담아낸 향기롭고 따듯한 인생 서사

東甫 김길웅(수필가 · 문학평론가)

1_

조영랑 수필가(이하 조영랑)와는 오랜 지면이면서 한 편 낯설다. 지기이면서 문학동인인 이용언 수필가의 생질부라는 연에 닿아 있으면서도, 그의 작품을 몇 편 접하지 못했다는 의미다. 그런데도 나는 일찍이 그가 지니고 있는 수필의 개성적 문체를 발견해 작품의 전개 추이를 오랫동안 눈여겨봐 왔다. 등단 스무 해를 목전에 두었으면서도 수필집 한 권 상재하지 않아 궁금증을 더해 왔다는 뜻인데, 과작인가. 뒤늦게야 첫 작품집 『홀가분한 오후』의 원고 뭉치로 그를 바로 지척에서 대면하게 됐다.

나무줄기가 굵어지는 이유는 형성층에서 세포분열이 일어나기 때문이다. 대체로 봄여름에는 세포분열이 활발해 세포벽이 두껍게 자라지 못하고, 물이 충분히 공급돼 세포의 부피가 크다. 그러므로 색이 연하고 면적이 넓다. 한데 가을부터는 성장 속도가 급속히 감소 돼 세포벽이 두껍고 세포의 부피가 작고 조직이 치밀하고 색이 진하다. 이렇게 연한 조직과 짙은 조직이 번갈아 만들어지므로 동심원 모양의 나이테를 갖게 된다.

나이테가 간격이 넓으면 비가 적당히 오고 적당히 따뜻하고 땅속에 영양분도 많아 세포들이 많이 불어나 성장이 순탄했다는 뜻이고, 반대로 간격이 좁으면 악천후 등으로 인해 나무가 자라기 힘들었다는 뜻이다.

왜 그랬을까. 원고를 받고 앉으며 곧바로 머릿속에 떠올린 게 나무의 나이테였다. 조영랑은 등단 이후, 자신의 수필이 나무줄기처럼 단단하게 굵어지기를 기다려 왔을 것이다. 나무가 세포분열로 생장하듯 쉴 새 없이 자신을 흔들고 켜고 쪼개고 다듬으면서. 흩어지는 한 조각 언어의 지저깨비도 그러모아 뒤적여 가며 창작이라는 가열苛烈한 노작의 현장을 지켜왔을 것이다. 그 결과물로서 처녀작품집 『홀가분한 오후』를 세상에 내놓았겠다. 그 어간, 수필가 조영랑의 부름켜는 하나에서 둘로 예닐곱으로 자꾸 분열해 성장을 멈춘 적이 없었다. 허구한 시간 속에서 속도를 조절하고 효율의 극한을 가늠하며 오늘에 이르렀을 것이다.

일 년 내내 똑같은 속도로 자란다면 나이테는 생기지

않는다. 열대지방에서 자라는 나무는 나이테가 없다. 조영랑은 수필에서 사계가 분명한 기후 속에서 봄의 춘재春材와 가을 이후 추재秋材를 번갈아 가며 한 그루의 큰 나무로 몸집을 키우고 수만의 잎으로 우거져 개화와 결실의 계절을 건너왔다. 그의 문학에 가늘고 섬세하게 나이테를 새겨, 급기야 나른하고 쾌적한 『홀가분한 오후』를 맞아 좋은 볕을 즐기고 있을 것이다.

　"우연히 남편의 퇴임과 발간이 맞물렸다.
　40여 년 쉼 없이 달려온 짧지 않은 세월, 건강하게 마무리할 수 있어 감사하다. 그러고 보니 익숙함과 낯섦의 변곡점에 와 있다. 마주할 세월 둘이서 건강히 동행하고 싶다.

　사랑하는 딸아이와 아들에게 엄마의 소망 하나 전하고 싶다. 사람이 마음으로 자기의 길을 계획할지라도 걸음을 인도하시는 이는 그분임을 잊지 않기를, 시냇가에 심은 나무가 철을 따라 열매를 맺으며 그 잎사귀가 마르지 아니함 같이 형통한 삶을 살아가기를 빈다."

　책머리에 그동안, 수필의 행간에 축적해 온 자신의 마음을 명료하게 함축했다. 조영랑의 수필은 그가 지나온 시간의 궤적이고, 인생을 살아온 문양들 그 기승전결의 단면斷面이다. 그것도 세포벽이 두껍고 부피가 작고 조직이 치밀하고 색이 진한 바로 그 나이테일 것이다.

2_
① 할머니가 논으로 동행하잔다. 논에 나그네가 들어와 자리를 차지하고 뿌리를 내렸다. 질긴 피다. 허벅지까지 바지를 올려 논에 들어가 피를 뽑는데 장딴지 느낌이 이상하다. 거머리가 붙어있다. 야, 이놈 하며 시커먼 거머리를 떼어내어 내동댕이친다. 피는 벼와 비슷하게 생겨서 바람에 흔들거릴 때마다 방해 작전이 되어 일을 더디게 한다. 피를 한 아름 뽑아 논두렁에다 냅다 팽개친다.

약을 치는 날이다.

이번엔 할머니의 강권 발동이다. 큰 고무통에 약을 섞어 긴 호스를 논두렁 사이사이로 흘려보낸다. 수동식 농약 기계는 쉼 없는 팔운동으로 농약을 내보낸다. 무료함과 지루함은 하품으로 이어지고 이내 눈꺼풀이 내려앉는다. 저 멀리서 약이 나오지 않는다고 할머니가 소리 높인다.

– 〈논〉 중에서

② 고향에 가서 오랜만에 여유를 가졌다.

일이 있을 때마다 늘 바쁘다는 핑계로 훌쩍 와 버리곤 했는데 오늘은 유년 시절 미나리 캐러 다니던 논길을 걸었다. 물이 좋고 벼가 많이 나서 '제일 강정第一 江汀'이라 부르는 내 고향이다. 벼를 수확한 그루터기가 남아 있어야 할 곳은 온통 비닐하우스로 하얀 물결을 이룬다. 더운 여름날 할머니를 도와 논에 들어서 피를 뽑으려면 먼저 거머리가 다리에 붙어 소스라치게 놀라던 일이 스친다.

(중략)

이왕 나선 김에 강정천으로 발길을 옮겼다. 맑은 물과 은어로 더 많이 알려진 곳이다. 서귀포 시민이 먹는 수돗물의 70%가 생산되는 곳이기도 하다. 고향을 물어올 때마다 앞에 수식어처럼 힘주어 말하던 강정천이다.

(중략)

물가에 앉아 물속을 들여다본다. 손을 담갔다가 차가워 몇 초를 못 참고 금방 꺼냈다. 앞에 보이는 나지막한 동산에는 유명한 콘도가 들어서자 사계절 관광객들로 북적인다. 냇물이 하류 쪽으로 흐르면서 바다로 떨어지는 폭포와 병풍처럼 둘러싸인 바위, 수묵화다. 저 멀리 한라산이 팔 벌려 마을을 품고 있다.

우리 집 울타리를 넘나들 듯 언제나 자유로운 곳이었

는데, 지금은 돌로 성을 쌓아 놓은 경계선 때문인지 왠지 내가 이방인이 된 느낌이다.

- 〈고향 소묘〉 중에서

조영랑의 고향은 중문 강정마을, 예로부터 '제일 강정'이라 일컬어 온다. 제주에서 논이 있어 벼농사를 짓는 유일한 곳이면서, 강정천은 또 물이 맑아 은어로 유명하다. 그에게 고향 하면 상징적으로 떠오르는 게 '벼가 자라는 논과 물 맑은 강정천'일 것이다. 대대로 조상의 피가 흐르고 자신의 뿌리를 찾는 근원의 땅, 도시에 살면서 늘 그리움의 대상이 되는 곳이다.

①은 오랜만에 고향에 가 할머니와 함께 논밭에 들어 피를 뽑고 농약을 치는 장면을 묘사하고 있다. 벼와 비슷해 혼동하기 쉬운 피는 잘 뽑는 것 같은데, 도시 생활에 익숙해 버린 걸까. 농약을 치는 데는 손이 잘 타지 않는 모습이다.

②고향의 논길을 거닐다 머릿속에 고향의 상징처럼 각인돼 있는 강정천을 둘러보며 유년의 추억을 뒤적거리는 느슨한 한때를 보내고 있다. 조화로운 자연의 풍치를 수묵화라 하고, 그것들을 뭉뚱그려 데생하듯 묘사해 '고향 소묘'라 했다. 한적하던 곳이 관광객으로 북적이는가 하면 낯선 구조물까지 들어서 지형을 바꿔놓는 바람에 자

신이 이방인 같다고 했다. 난개발은 고향이란 말에 아물지 않을 깊은 상처를 남겼다.

고향에 대한 스산한 정서에도 화자는 평생 강정천의 해맑은 물 같은 향수 속에 살 것이다.

이른 아침부터 프라하 여정이 시작된다. 체코의 역사를 그대로 떠안고 있는 광장이다. 면죄를 팔고 부정부패를 저지른 로마교황청을 비난하며 그들의 협박에도 뜻을 굽히지 않다가 화형당한 종교 개혁가 안 후스와 추종자들의 동상이 동상 중심에 세워있다.

"진실을 사랑하고 진실을 말하고 진실을 지켜라.

진실을 짓밟고 거짓 포장이 더 진실하게 보이던 시대, 거짓 앞에 목숨을 내던지며 외치던 안 후스의 동상을 올려다본다. 진실과 거짓으로 얼룩졌던 광장을 상상해 본다."

(중략)

체코는 20세기 들어 춥고 어두운 시기를 여러 번 거친다, 체코슬로바키아의 공산주의를 벗어나기 위한 노력과 변화는 젊은이들과 지식인들이 원동력이 되어 무혈혁명으로 막을 내렸고, 드디어 1968년 '프라하의 봄'을 맞이하게 된다. 프라하의 봄은 매년 5월에 열리는 국제 음악 축제의 이름이기도 하지만, 체코사태 이후 한 외신

기자가 '프라하의 봄을 언제 오는가'라고 타전한 이후 프라하의 봄은 자유와 민주화운동을 상징하는 말이 되었다.

우리나라의 비극적 분단은 언제 끝이 날 것인가. 평화의 봄은 언제 올 것인가. 그 소망을 안고 광장을 둘러본다. 내 소망을 알았는지 광장에 햇살이 쏟아진다.

— 〈프라하 광장의 봄〉 중에서

아들딸과 셋이 유럽 여행 중 체코 프라하광장을 둘러보는 감회를 마치 감상문이라도 쓰듯 또박또박 풀어내고 있다. 역사의 자리에 서면 역사 속을 흐르는 시간의 강물을 따라 같이 흐르게 된다. 조영랑은 진실을 짓밟고 거짓 포장이 더 진실하게 보이던 시대에 그 거짓 앞에 목숨을 내던졌던 안 후스의 동상 앞에 우뚝 서서, 몰려든 군중의 함성에 귀를 세워 십자가에 못 박아라 저항하며 외치던 그 시대의 함성을 듣고 있다. 무혈혁명으로 '프라하의 봄'을 맞게 한 군중의 함성이다.

조영랑은 체코 여정도 잊은 채 '프라하의 봄'에 우리의 분단 현실을 포갠다. 그리고 속절없이 저 혼자 외치고 있다. "평화의 봄은 언제 올 것인가"라고.

기행적 수필도 수필이기 때문에 문학의 범주를 벗어나지 않는다. 여정의 나열로는 문학성에 미치지 못한다. 작품성을 얻으려면, 그림으로 보던 명승과 명소를 실물로 대하는 절박한 언어의 충격이 운율을 타야만 한다. 이 글은 '프라하의 봄'이라는 역사적 사실에 초점을 맞추면서, 시공을 뛰어넘어 분단이라는 우리의 현실로까지 결부 지음으로써 문학적 수필로의 지향에 맥을 같이했다.

흔히 인생을 여행에 비유한다. 우리는 흘러가면서 만난다. 사람과 들끓는 시장과 웃음과 꽃밭과 폭풍으로 일어서는 바다와 벼랑과 사막을 그리고 동서의 문화와 역사와 조우한다.

자기의 색깔을 가지고 찾아오는 계절을 맞이할 때마다 감동과 설렘이 있었고, 거기에 취해 몸과 마음을 맡겼던 시절이 있었는데…. 교만함일까.(중략)

텃밭에서 일하는 노부부의 바삐 움직이는 손길에 눈길이 머문다. 겨울 동안 눈을 맞고 찬바람을 견디어 풋풋한 채소를 캐내 다듬고 흙을 고르는 모습이 편안해 보인다.

(중략)

오랜만에 어린아이처럼 흙을 만져보았다. 겸손한 마음으로 사물에 귀를 대면 우주의 생명의 소리를 들을 수 있고 볼 수 있음이 감동인데 본질을 놓치고 형상을 쫓아 바삐 하고 있는 게다.

이 가을, 텃밭에서 자란 채소를 식탁에 올려놓고 마주
한 노부부도 소박한 감동과 행복을 나누고 있겠지. 다가
오는 봄, 저 흙 속에서 또 어떤 싹을 틔워낼지 궁금하다.
봄바람이 창문을 두드리면 또 한 번 흙을 만지러 나오리
라.

— 〈늦은 깨달음〉 중에서

깨달음을 얻는 데 주위에 사람이 있고 없음이 문제가
되지 않는다. 사람이 많은 주변 환경이 문제가 된다면 산
사로 들어가면 될 일이다. 삼가고 주의하고 집중하고가
문제 될 게 없다. 깨달음은 조용한 산사에서 아닌 일상
속에서, 삶의 현장에서 영적 터득으로 이뤄지는 것이다.
시선을 너무 형이상적인 쪽에 돌리지 않아도 좋다. 소소
한 일상의 삶 속에서 그냥 지나치기 쉬운 하잘것없는 일
들에 혹은 눈앞의 사상事象에 마음이 머물면서 이뤄지기
도 한다.

조영랑은 어느 날 길 위에서 복잡한 마음을 덜어내고
있었다. 텃밭에서 일하는 노부부에게 눈이 머무른 것이
다. 그냥 오랜만에 흙을 만져보는 그 보드라운 감촉, 바
로 그것이었다. 감동은 자신의 목전에 있었고, 그리하여
겸손한 마음으로 우주의 생명의 소리에 귀 기울이게 했
다. 그런 의식의 흐름은 작은 감동 없이는 본질을 놓친

나머지 형상에만 치우쳐 깨달음에 이르지 못한다는 걸 일깨워 주었다. 화자는 마침내 노부부가 식탁을 마주해 나누는 소박한 감동과 행복을 깨닫는다.

"다가오는 봄, 저 흙 속에서 또 어떤 싹을 움틔워낼지 궁금하다."는 그러한 인식에서 얻어낸 깨달음의 민낯이다.

일하는 '노부부→흙의 감촉→감동→생명의 소리→깨달음'의 전개가 물의 흐름처럼 결을 이뤄 공간 이동으로 확산하고 있어 놀랍다. 조영랑의 사유의 깊이와 너비를 가늠해 보게 하는 대목이다.

40여 년 전 일이다. 첫 월급을 받고 맞춤 가구공장으로 향했다. 수십 번 그렸다 지웠다 반복한 설계도를 직원에게 내밀었다. 직원은 생각보다 비싼 가격을 제시했지만 흔쾌히 흥정했다. 책의 크기에 따라 꽂을 공간을 달리하고 소품을 넣을 서랍도 주문했다. 두 개의 쌍둥이 서가를 나란히 방으로 들이던 날, 그 행복했던 황홀감은 아직도 잊을 수 없다.

(중략)

아파트 마당에 대형폐기물 차가 도착했다. '대형폐기물 신고필증'을 붙이고 며칠간 대기하고 있었다. 차에서 내린 건장한 남자 셋이서 서가를 들고 차 위로 던진다.

40여 년 전 내 방으로 들일 때와는 사뭇 다른 대우다. 차 위로 냅다 던져지는 서가를 베란다에서 바라보았다. 마음이 쓸쓸하다.

삶의 마지막은 결국 소유하고 있었던 것과의 결별이다. 조금은 먼저 보냈을 뿐이다. 자유로운 영혼을 위해, 소유한 것에 대한 솎아내는 연습이 필요한 때다.

이젠 옷장으로 눈을 돌려야겠다.

 – 〈버림의 용기〉 중에서

40년 전 직접 설계해 맞춰 들인 서가를 왜 버렸을까. 화자는 결말에 이르러 "삶의 마지막은 결국 소유하고 있었던 것과의 결별이다."고 단안을 내리고 있다. 그냥 한 번 읽고 지나칠 수 없어 두세 번 읽은 뒤, 법정 스님이 말한 '무소유'를 되새기게 했다.

"우리는 필요에 따라 소유한다. 하지만 그 소유 때문에 마음이 쓰인다. 그러므로 무엇을 가진다는 것은 다른 한편 무엇에 얽매이는 일, 많이 가지면 그만큼 많이 얽매이는 것, 따라서 소유란 단순히 갖지 않는다는 것이 아니라, 불필요한 것을 갖지 않는다는 것이다."

조영랑은 일단 그렇게 애지중지하던 서가를 버렸다. '자유로운' 영혼을 위해 버렸고, 그것은 소유한 것에 대한 '솎아내는 연습이 필요한 때'라 했다. 버림에는 용기

가 필요하다. 그는 용기를 가지고 버림을 선택했고 실천
했다. 이 용기 있는 버림은 그에게 단순한 버림의 미학이
아니라 지속적으로 이행해 나아갈 행동철학으로 자리매
김한 것으로 보인다. 결말에서 "이젠 옷장으로 눈을 돌려
야겠다." 한 것이 반증이다. 조영랑은 '삶이란 무엇이고
나는 누구인가'라는 근원적인 명제와 마주하고 있었다.
필자도 어느새 눈을 감고 깊은 생각에 잠기지 않을 수 없
었다.

조영랑의 수필은 이미 철학으로 그 변경을 확산하는
중이다.

한없이 멀기만 하고 내 앞에는 다가오지 않을 것 같았
던 그 쉰 살이 나를 감는다. 내가 나를 바라보는 쉰 살은
아직은 무기력한 존재도 아니고 더구나 황혼기가 아님
이 분명한데 뭔가 바람이 빠진 듯 허전함이 스며들기 시
작한다.

이제 청춘의 돛을 달고 푸른 꿈을 향해 달려갈 일도
없는데, 무엇을 쫓아 헤매다 놓쳐 버린 느낌이다. 입술로
는 욕심을 내려놓았다고 하면서 속병을 하는 이유는 대
체 무엇일까.(중략)

어떤 이들은 나이 들어간다는 것이 야속하거나 기막
히게 슬픈 일도 그렇다고 호들갑 떨 만큼 아름다운 일도

아니라고 한다. 맞다. 기억력이 가물거리고 몸 여기저기서 쓰다듬어 달라고 신호를 보내오지만, 연륜의 지혜도 건진다. 나이 들고 어른스러워진다는 것은 너그러움이라고 하지 않는가. 웬만한 오해는 구차한 변명이나 해명보다 침묵하는 여유가 생겨 분노에서 멀어지려고 한다. 사소한 것에 핏대를 높이는 이들을 보면 그 정열이 부럽지만 한편 측은함도 든다.

- 〈나이 듦이 좋다〉 중에서

'나이 듦이 좋다'라는 말은 단순한 게 아니다. 늙음에서 자유롭지 않고서는 그렇게 말하지 못한다. 초로草露같이 한순간에 스러질 덧없는 인생을 살면서 나이 듦이 좋을 수가 있다니. 나이 듦은 사람의 소관이 아닌 근원적인 허무로, 그것을 주재하는 자의 섭리다. 불가역 불가해하니 인간이 간여할 수 없는 영역이다. 싱그럽던 잎이 시들듯 보는 눈을 고혹게 하던 꽃이 떨어지듯 어차피 사람도 나이 들며 늙는다. 나이 듦이 좋다는 이 역설이 그래서 처연하게 아름답고 한없이 경이롭다. 또 철학의 무게에 눌릴 만큼 중후하다.

하지만 나이 들어 늙을 수밖에 없으므로 자연스러워야하는 것 아닐까. 이 대목에 이르러 그의 수필은 세포벽이두껍고 부피가 작고 조직이 치밀하고 색이 진한 나이테의 표상임이 분명해졌다.

결미를 다시 음미하게 한다. "잠깐 보이다가 없어지는 안개와 같은 인생이라지만…다른 이들과 어울릴 수 있는 오늘이 있어 아름다운 삶이 아닌가. 더 나이 들기 전에 이 소중함을 깨달았으니 이 또한 얼마나 큰 축복인가."

아놀드 토인비는 "인간의 성장에는 종점이 없다."고 했다. 일하고 있다는 것은 성장하고 있다는 의미다. 작가는 작가로 존재하기 위해 부단히 작품을 쓸 뿐이다. 진정한 문학인이라면, 미성숙한 작가가 자신의 작품을 완성품이라고 생각하는 사람은 아마 한 사람도 없을 것이다.

조영랑은 놀랍게 진화하고 있다. 현재진행 시제다. 개성적인 문장, 잘 추슬러 치밀한 구성과 타래처럼 풀어 가는 막힘 없는 전개 그리고 의식의 심층에서 솟아 나와 우리를 흔들어 깨우는 나긋한 목소리….

이 글에 이르러 조영랑의 수필은 이제 일가—家를 이뤘다 해서 조금도 흠이 되지 않겠다.

①이웃 아파트 입구에 조그만 의자가 있는데, 볕이 좋은 날이면 할머니는 늘 혼자 앉아 계신다. 햇볕과 마주한 할머니의 겉모습은 건드리면 금방 무너져 버릴 것 같다. 하지만 굴곡의 세월을 이겨낸 듯 표정이 염연하다.

가끔 눈을 감고 골똘히 생각에 잠긴다. 어떤 추억을 하

고 계실까. 할머니 모습에는 오늘 저녁 숨이 멎는다고
해도 담담히 받아들일 것 같은 여유가 흐른다. 먼발치서
할머니를 바라보면서 30년 후의 나의 모습을 상상한다.
멀게 느꼈던 늙음이 가까이 다가온다. 순간 가슴에 동통
이 밀려온다.

②언젠가 동서한테 들었던 어느 성직자 노모 이야기
가 생각났다. 하나밖에 없는 아들이 성직자의 길을 걷게
되자 노모 혼자서 살게 된다. 교인들이 노모의 안부가
걱정되어 들렀다. 집 안에는 꼭 필요한 살림 이외는 장
식된 게 없고 정갈하게 정돈된 분위기였다. 소박한 양반
책상 위에 성경을 펼쳐놓고 꼿꼿이 앉아 묵상하고 계신
모습에 모두 놀랐다고 한다.

③방 한구석에 박혀 있는 종이상자를 몇 년 만에 풀었
다. 명예퇴직하고 교실에서 사용했던 교재와 참고 서적
을 담아 온 상자다. 손때 묻은 동요 모음 공책이 누렇게
변해 있고, 신문을 오린 자료가 스케치북에 종종 붙어있
다.

④딸아이의 정신세계조차 흔들어댔던 시간이 부끄럽
다. 딸아이는 다니던 직장을 그만두고 국제봉사단에 지

원하겠다고 자기 생각을 밝혔다. 앞으로 진로는 어떻게 할 것이냐며 일방통행으로 쏟아놓는 말의 홍수에 딸아이가 가슴앓이했다.

⑤내게 주어진 세월의 도착점에 이르렀을 즈음, 다 내려놓고 늙어서 편하다는 고백을 할 수 있는 날이 오기나 할까. 적막함까지도 즐길 줄 아는 노년을 위해 치열한 연습을 해야겠다.
필요 없는 것을 걷어내니 참으로 홀가분한 오후다.
– 〈홀가분한 오후〉 중에서

기분이 가뿐하고 산뜻한 상태, 너더분하지 않은 마음자리, 잡스럽거나 짐스러운 것이 없는 한가로움을 홀가분하다고 한다. 일상에 치여 녹작지근했던 고단한 심신이 그 일상의 그림자까지 밀어놓았을 때 이르게 되는 영혼의 자유로운 경계다.
이 글에 이르러 눈이 번쩍 뜨여 두세 번을 읽게 했다. 깊은 사유에서 얻어낸 화소話素가 치밀한 구성에 의해 깔끔하게 정리 정돈되면서 작품이라는 한 질서의 세계를 지향하고 있지 않은가.
①생각에 잠겨 있는 노인→②혼자 된 성직자의 노모→③현직에 있을 때의 자료 상자→④딸아이를 흔들었던

일방적 거부→⑤노년의 적막을 즐길 연습.

①과 ②에 등장하는 두 노인은 화자의 노년을 위한 롤모델이고. ③과 ④는 ⑤결말에 이르는 과정에서 겪은 심리적 갈등, ⑤는 사유의 완성이다. 이런 일련의 의식의 흐름이 점층적으로 심화되고 있어 종국에 주제가 선명해지는 생산적 효율에 도달하고 있다.

필요 없는 것을 걷어내었으니 홀가분하겠다. 이 작품집 〈홀가분한 오후〉의 표제작이면서, 조영랑 문학의 대표작이라 해도 손색이 없을 것이다.

시집와서 보니 시어머니는 동문시장에서 바느질하고 계셨다. 수의壽衣를 만드는 전문가였다. 수의는 윤달에 주문이 많다. 주문 양이 많을 때는 온종일 시장에서 일하다가 남은 일감을 들고 와서 시아버지와 밤늦도록 재봉틀을 돌리는 모습을 보았다. 정신없이 수의 작업이 끝나서 숨 고르고 나면, 조각 천을 이어 시어머니만의 독창적인 예술품이 시작된다.

감물 들인 천으로 짙은 색과 옅은 색을 배열하여 만든 방석 커버, 입히기 아까운 앙증맞은 딸아이 원피스, 바이어스를 두른 시원한 삼베옷, 덕분에 아이들은 할머니가 만든 옷을 입고 여름을 났다.(중략)

시장에서 재봉틀과 함께한 세월이 팔십 후반에 들어

셨다. 좁은 공간에서 중년을 보내고 노년의 세월을 보내
고 계시다. 양쪽 무릎 수술을 받았을 뿐 아직 치매가 없
어 다행이다.(생략)

　요즘엔 관광객들이 찾는 코스가 되었다고 한다. 얼마
동안 시장에 드나들 수 있을지 모르겠지만 아직은 당신
만의 행복 조각을 이어 가고 있다.

　'외도 재봉' 간판을 가만히 올려다본다. 시어머니와 오
래 벗하길 소망해 본다.

- 〈'외도 재봉'〉 중에서

　오랜 세월, 시장에서 재봉 일을 하며 성실하게 살아온
시어머니에 대한 존경의 마음이 은근히 행간에 번져 가
슴 뭉클하게 한다. 시어머니가 바느질하며 땀땀이 떠 온
한평생에 대한 경외심인들 왜 없을까. 뼛속에 저리도록
사무쳤기로 표현 또한 섬세하고 정교하다.

　남편의 어머니이므로 '어머님'이 아니라 '어머니'라 호
칭한 것도 눈에 띈다. 자연스럽기도 한 것이지만 단순히
그렇게 부른 게 아닌, 화자의 그 어르신에 대한 곡진한
정의 자연스러운 발로라 해야 할 것이다. 그뿐 아니라,
시어머니께서 천수를 누리실 것을 간절히 소망하고 있
다. 요즘 세상에 보기 드문 효부孝婦다.

　'얼마 동안 시장에 드나들 수 있을지 모르지만 아직은

당신만의 행복 조각을 이어 가고 있다.' 시어머니가 노년임에도 아직은 자신의 삶을 살아가고 있음을 '당신만의 행복 조각을 이어 간다'고 한 은유는 탁월하다. 조영랑은 수필을 씀에 이미 자신의 메타포를 가졌다.

'외도 재봉' 간판을 올려다보며 어른과 오래 벗하기를 소망한다.' 또한 그냥 간과할 장면이 아니다. 한평생 시어머니의 시간이 쌓여 온 간판이다. 사물에 화자가 이입됐을 때라야 가능한 표현이다. 개성적 문장이면서 표현의 정밀도 또한 높다.

3_

조영랑은 등단 18년 차로 이제 중견 수필가다. 첫 작품집을 미뤄오다 지금에야 출간해 다소 아쉽지만, 한때 제주여류수필문학회 회장을 역임한 경력을 갖고 있다. 자신의 문학적 토양을 북돋이 위해서도 소중한 기회가 됐을 것이다. 좀체 않던 일도 하다 보면 익숙해지는 법이다. 다다익선이라 하지 않는가. 앞으로 심기일전해 작품집을 늘려 가리라 믿는다.

장르는 다르지만 쉽게 시를 씀으로 우리에게 친숙한 고독과 낭만의 조병화 시인은 평생, 시집 53권, 시선집 28권, 수필집 32권 등 160여 권의 책을 발간했다. 조영랑이나 이 글을 쓰고 있는 필자나 유명 작가 반열에 줄 서지는 못할지언정 집필실의 분위기는 다 한가지일 것이다. 비록 일상 항다반사를 수필이란 장르에 올린다 한들 죽치고 앉아 있는 그 공간이야말로 얼마나 아름다운가. 멋진가. 우리가 머리 위에 이고 앉은 그 소우주이고 빛나는 언어의 집, 창작의 공간이거늘.

이제 조영랑 수필가에게 한마디 조언하려 한다. 이대로 써나가면 될 것이나, 좀 더 글쓰기에 매진했으면 좋겠다. 국어 정서법이 어렵고 까다로운 것은 한글을 익히는 외국인들에게 익히 알려진 것인데, 원고를 훑어보며 놀란 것이 문법에 어긋난 오류가 거의 없이 완벽했다. 실제 내로라하는 이도 자신 없어 절레절레 고개를 내젓는데, 정확한 표기를 하고 있어서 참 미더웠다. 조영랑의 국어 사랑의 마음을 향해 박수를 보낸다.

다만 문장과 문장의 연결이 다소 매끄럽지 못한 부분이 있으니, 글쓰기 마지막 과정인 퇴고에서 자판을 눈에 불을 켜 가며 두드리면, 그도 물처럼 감돌아 흐를 것이다.

끝으로 여기 실린 47편의 수필 가운데, 〈홀가분한 오후〉와 〈외도 재봉〉 두 작품은 세상에 내놓아 손색없는 수작임을 거듭해 밝혀 둔다. 수작의 탄생을 기꺼운 마음으로 축하한다.

노자는 "추상적이고 보편적인 가치를 향해 내달리는

것보다 구체적인 너의 고유성으로 돌아오라. 네가 네 삶을 확인할 수 있는 공간은 바로 너의 일상"이라 했다. 등단 시의 가슴 달뜨던 초심, 그 뛰던 맥박을 놓지 말고, 늘 불꽃 같던 그때의 정열을 간직하기 바란다.

조영랑 수필집

홀가분한 오후

초판인쇄 2021년 7월 20일
초판발행 2021년 7월 31일
지은이 조영랑
펴낸이 노용제
펴낸곳 정은출판
주 소 서울특별시 중구 창경궁로 1길 29 (3F)
전 화 02-2272-9280
팩 스 02-2277-1350
이메일 rossjw@hanmail.net
홈페이지 www.je-books.com

ISBN 978-89-5824-431-8 (03810)
값 13,000원

· 이 책은 제주특별자치도와 제주문화예술재단의 2021년도
  제주문화예술사업으로 후원을 받아 발간되었습니다.